Firmamento

Novela

Biografía

Máximo Huerta (Utiel, Valencia, 1971) es escritor y periodista. Ha publicado las novelas *Con el amor bastaba*, *El susurro de la caracola*, *Una tienda en París*, *La noche soñada* (con la que ganó el Premio Primavera de novela 2014), *No me dejes (Ne me quite pas)*, *La parte escondida del iceberg*, *Firmamento* y *Adiós, pequeño* (galardonada con el Premio de Novela Fernando Lara 2022). Es autor de los relatos *El escritor, Elsa y el mar*, *La banda de Olivia* y *Partir de cero*; de los libros ilustrados *Mi lugar en el mundo eres tú*, *Paris sera toujours Paris* y *Viva la Dolce Vita*, así como de la colección de columnas periodísticas recogidas en *Intimidad improvisada*. En 2023 cumplió uno de sus sueños de la infancia al inaugurar la Librería de Doña Leo, que en poco tiempo se ha convertido en un maravilloso centro de convergencia literaria y cultural en Buñol, Valencia.

www.maximhuerta.com

@maximohuerta

@maximohuerta

Máximo Huerta

Máximo Huerta

Firmamento

ESPASA

Espasa, un sello editorial de Editorial Planeta, S. A.
Avda. Diagonal, 662-664, 08034 Barcelona (España)
www.espasa.com
www.planetadelibros.com

Adaptación de la cubierta: Booket / Área Editorial Grupo Planeta
Ilustración de la cubierta: © Balázs Papp / EyeEm / Getty Images
Primera edición en Colección Booket: abril de 2019
Segunda impresión: noviembre de 2025

Depósito legal: B. 4.439-2019
ISBN: 978-84-670-5563-4
Impreso en España

Para Clara

ἀστέρας εἰσαθρεῖς Ἀστὴρ ἐμός: εἴθε γενοίμην
οὐρανός, ὡς πολλοῖς ὄμμασιν εἰς σὲ βλέπω.

[A las estrellas miras, mi estrella.
Ojalá llegara a ser cielo para con muchos ojos hacia ti mirar.]

PLATÓN

PERSONAJES:

Ana Monteleón y Mario Bellver

PREFACIO

LOS INICIOS

Querida:

Te envío tres inicios de esta novela, con amor, para que elijas. Solamente uno es verdadero, otro me convence y sé cuál elegirás. Te pienso.

Mario

Hotel Formentor. Mallorca

Uno

Una pareja avanza con parsimonia para no encontrarse y, en esa lentitud de pasos, el sol los parte en dos. Uno queda en la sombra y otro en el sol como si el astro quisiera separarlos ante la evidencia. Justo en ese momento es cuando ella mueve la cabeza y le dice adiós. Se nota que es un adiós para siempre. Un adiós pesado que se cae al suelo como un gato muerto. La sombra crece rápidamente y acaba por cubrir al hombre mientras los tacones de la mujer se pierden en el interior del hotel.

—¿Sube? —le pregunta el camarero que entra con ella en el ascensor.

—Por supuesto. —«Sólo quiero subir», piensa.

El que presencia la escena desde la segunda planta bebe del agua con gas y mira al hombre fundirse como los hielos. Se diluye. Sabe en ese momento que esta noche volverá a dormir con ella.

Dos

La brisa cogió fuerza y volcó la botella de agua con gas. Todas las burbujas corrieron sobre la mesa y una catarata lenta mojó la mochila y los zapatos de ante marrón sin que se diera cuenta. Hasta que se dio.

—¡Maldita sea! ¡Joder! —gritó levantándose de golpe.

—¿Pasa algo, señor? —preguntó el camarero sin obtener respuesta.

—¿Qué te pasa, Mario? —dijo ella, despertando de la nada veraniega en la que estaba sumida—. Estás nervioso desde el día que llegamos. No quiero verte así. Tengo la sensación de que me ocultas algo y que... disimulas fatal.

—¿A qué viene eso?

—¿Tú qué crees?

En ese momento se movió la cortina de la 212, donde un chico fingía no estar pendiente. Cogió el teléfono y vibró en el bolsillo de Ana.

Tres

—¿Pedimos algo de beber?

—Yo quiero agua, agua con gas.

—¿Recuerdas cuando bebíamos champán?

El silencio puso en evidencia la belleza de las buganvillas, el color violento de los geranios, el barco fondeado en el horizonte, los pájaros y el sol colándose dorado entre las montañas. Era la hora que anuncia las sombras. A veces parece noche; otras, tinieblas. Y algunas ocasiones, firmamento.

PRIMERA PARTE

EL MAR

Mario

Esta noche he soñado que al despertarme no vivía en mi casa. Estaba en una playa, pegado a unas rocas llenas de pinares que hacían sombras caprichosas. Las hojas, traviesas, se movían por el aire y yo me dormía con el sonido. Ululaba, ¿se dice así? Durante un rato estuve dormido. El agua vino a despertarme y mojó la toalla, olas tímidas, revoltosas por un barco que pasó a lo lejos removiendo la calma. El alboroto de los pinos creció. Más brisa. Más olas alegres. Agua en mis pies. Y por culpa del barco que rompió la calma del mar, volví a aparecer en mi casa primera. Justo cuando escarbaba en las sábanas como si fuera arena donde hacer hoyos profundos para enterrarme.

Y de tanto escuchar el mar, las olas rompiendo suavemente en la orilla y en los cubos de plástico de unos niños, sentí que me había hecho pis.

Me he tocado entre las piernas sin abrir los ojos por pudor privado para ver si el mar llegaba también a mis sábanas. No era líquido.

Se escuchaba una barca de motor que escapaba mar adentro hasta perderse más allá del pantalán de cemento, un bar a mi espalda con la música suave y el sonido seco de dos palas de playa. Tac-tac. Tac-tac. ¡Agua! Tac-tac. Tac-

tac. ¡Agua! Yo tocaba con los dedos la arena, la cogía y la aplastaba entre las yemas soltándola como un reloj manual en la cama.

El sudor caía por detrás de mis orejas hasta el cuello y de ahí a las sábanas.

Todavía más: me había quedado dormido en la toalla y mis amigos venían a despertarme con el cubo de unos críos y me lo echaban encima.

Me estremece el agua fría.

No quiero abrir los ojos por si acaso.

Pronto advertiría que no había playa, ni mar, ni sudor, ni es mi cama en la que duermo, ni mi ciudad. Se oye un autobús, el sonido de la caja y la puerta que se cierra. Abro enseguida los ojos, aterrado. Todo se confirma.

Esta cama no es mía.

Ana

Llevo un rato largo hablando sola mientras me arranco la laca de las uñas desgastadas. Es más, se me ha pasado el autobús que debía coger.

Como de costumbre, me llama la atención la infinita paciencia del chico que reparte publicidad ante la aparatosa indiferencia de la gente. Unos hacen eses y otros, tras coger el folleto, lo tiran en la papelera de su espalda arrugándolo con prisas. Qué estoicismo. No miran, lo esquivan con frialdad. Lo hacen invisible mientras el muchacho alarga y encoge su brazo desnudo en un ejercicio mecánico y baldío propio de autómatas de Tesla.

—Tome... ¿Quiere...? Tome... —dice como si repartiera una baraja.

Y, desde mi parada, me quedo mirándole para que se dé cuenta de que —yo— sí le hago caso.

Hola, yo te hago caso. Hola, yo te miro. Hola, soy yo.

El joven de los pasquines se ha dado cuenta de que le observo.

Le sonrío y me mira desde su acera. Por la expresión de educada perplejidad en su rostro, me percato de que no ha captado mi solidaridad. Y entonces he visto como pasaba de largo mi autobús.

—¡Joder!

Me había quedado cuajada en el banco.

Luego doy un respingo y se me caen las gafas. Al cogerlas me doy en la cabeza con la papelera. Para mi asombro, el chico cambia de gesto. Aprieta los labios y amaga una sonrisa. Respondo, haciendo gala de mi sentido del humor, que a todo no puedo estar.

A todo no puedo estar. Vocalizo.

No puedo.

Mario

Estoy despierto, no hay arena, no es mi ciudad y esta vulgar cama de alquiler está seca como mi boca. Tengo sed.

Me muevo en el colchón buscando la forma. Otra forma. Puedo ponerme en la postura del anterior inquilino como si fuera un molde de su cuerpo. Me da un poco de asco, pero percibo su cuerpo bajo el mío. Intento acoplarme a ese molde anónimo.

Era más grande, no soy tan alto. Dormía de lado. El brazo a lo largo del cuerpo pesado. Llegaba con los pies al borde del uno noventa. Me siento un juguete guardado en la caja equivocada.

Creo que de pequeño me meaba. Creo que hacía los deberes con rapidez. Creo que me gustaba el fútbol. Creo que tenía costumbre de hacer recortables, de amasar el pegamento Imedio hasta que se secaba en mis dedos y de coleccionar canicas transparentes. Todo eso. Pero ya no sé qué parte del recuerdo está basado en hechos reales o en las cantinelas que nos cuentan sobre infancias parecidas.

Yo no iba de la mano de mi madre al colegio, iba solo. Iba andando con mi mochila pesada, mi bocadillo de mortadela de aceitunas a la que le quitaba el pimiento y mi baraja de cromos atada con una goma.

—¡Mariooo! Corre, que te he guardado sitio.

—¿A qué hora has llegado?

—Antes que el conserje, cuando abría.

—Siempre eres el primero.

—Ya.

—Un día quiero ser el primero.

—Te puedo dejar serlo.

—Entonces habrás sido también el primero.

—Pero a mí no me importa dejar de serlo.

Un día te dicen que al cole ibas con tu madre, que no te gustaba la clase de ciencias naturales y que querías Bollycaos de chocolate. Y te lo crees. Pero la verdad es otra. La verdad se va perdiendo. Hay un momento en el que nada es como fue, se va maquillando y tiñéndose de *beige,* como las fotos viejas. ¿De qué color era el jersey que llevas en el parque? ¿Cómo eran las rayas de tus calcetines? ¿Y las zapatillas? El niño que fuiste no es el de las fotos, eso fueron instantes. Y con esas perennidades construyes unos recuerdos ficticios. El caso es que cuando nos cruzamos con el niño que fuimos no hay misericordia.

Me muevo en el colchón intentando huir de la forma del inquilino anterior. Me atrapa la vasta silueta de su cuerpo y opto por ponerme en diagonal sobre la cama.

Aquel niño no se meaba. Y esta cama está seca. Como mi boca, ¿lo he dicho? ¿Ululaban los pinos en mi sueño? ¿De dónde eran los pinos? Echo de menos los pinos.

En la ducha, mientras trago agua fría, escucho de nuevo los problemas de matemáticas de mi colegio, ese tren que salía de Bilbao y llegaba a Sevilla a una velocidad altísima y se cruzaba con otro en sentido inverso. *Quién llegaba antes.*

—Prestad atención.

Yo siempre pensé en la posibilidad del accidente. Del choque de trenes. «REPITO: si la locomotora sale de... ¿Quién llega antes?».

—La ambulancia —masticaba sin sonido.

El colegio era de curas.

Dejábamos el abrigo en una percha con nuestro nombre. No recuerdo las diferencias entre los gabanes de unos y otros, eran iguales. Todo era igual en aquellos años. Me recuerdo con el mismo estuche, los mismos pantalones y las mismas heridas que Carlos, que David, que Paco. Incluso que Carmen. Podrían habernos intercambiado de casas, de padres y de colegios. Nada era diferente, sólo los sueños.

Cojo la toalla de la ducha como si me volviera a poner el abrigo del colegio y pongo al fuego la cafetera.

Cinco minutos después.

Pita como el barco que escuché en sueños esta mañana.

Ana

El médico me ha dicho que suba por las escaleras, pero alquilé este piso con ascensor y me resulta de gilipollas subir los noventa escalones a patita. «Lo mejor para tu estado es caminar», ha dicho ajustándose el alfiler de la corbata.

Bien, caminaré, caminaré.

Pero no tengo ninguna intención de cruzarme con la vecina del quinto que se pasa los días moviendo muebles, arrastrándolos siempre como si su vida fuera una continua mudanza.

(No te entiendo, pensarás. Cómo vas a pasar por su puerta si los ruidos los hace en tu techo. Bien, esto tiene explicación. Vivo en el cuarto, pero el doctor me ha aconsejado que suba hasta el sexto y baje hasta mi rellano, «así, sin querer, es más ejercicio. Subes y bajas». Por eso me la cruzaría en las escaleras. No estoy tocada).

Como me pasa tantas veces, me quedo pasmada ante la elocuencia y determinación ajena, en este caso de mi médico, y pienso que lamentaría no hacer lo que me están prescribiendo, pese a que muchas veces hago lo que me da la gana. Las peroratas clínicas siempre me resultan admirables, como los discursos políticos, y acabo dándoles la razón aunque no tenga argumentos para ello. Me descubro asintiendo todo el rato.

Sí, sí, sí.

El médico, sentado frente a mí, ha cogido el bolígrafo por los dos extremos y le ha dado vueltas para hipnotizarme (eso creo yo) mientras decía: haz ejercicio, haz más ejercicio, haz...

Venga ya.

Si me subo a un crucero, lo mínimo es mirar el mar por la cubierta. ¿Qué hago pagando alquiler con ascensor y no usándolo? La boba del edificio que paga y no lo usa, dirían en las reuniones.

Un día —acepto entre dientes para mí misma— subiré las escaleras por probar; pero peregrinar hasta la terraza como hábito saludable, tocar la puerta de metal como quien llega a Santiago y bajar a mi ermita me parece de chiflada.

—Debería hacer eso. Piense que es para bien —ha dicho.

Todo es para bien.

Me he quedado mirándole como si se hubieran apagado las bombillas de la consulta y he apretado las manos en mis rodillas. No quería contestarle. Llevaba ese vestido rancio que me pongo para ir al médico, porque nunca sabes si te va a tocar enseñarle la espalda para que ausculte o abrirte de piernas en la camilla. Las mujeres andamos por la vida con un carné de víctimas de saldo.

Como no estaba dispuesta a dar explicaciones, he dicho que sí a todo, que es lo que hacemos siempre en el médico.

Cuando he salido de la consulta, había tres mujeres, tranquilas, con vestidos rancios como el mío esperando a ser atendidas. Con las prisas he olvidado despedirme, ha bastado una sonrisa mientras me alisaba el flequillo y me ponía de nuevo el bolso en bandolera.

En la puerta he tenido ganas de volver y decirle a las tres compañeras que se fueran a sus casas, subieran al sexto y volvieran a bajar al cuarto andando. Pero, vete tú a saber, a lo mejor es lo que hacen todos los días; en nuestro barrio no hay tanto piso con ascensor.

Mario

Mi barrio es un lugar de paso. Está lleno de jóvenes que han venido a Madrid a estudiar y que se mezclan con viejas que soportan las fiestas de los estudiantes. Los pisos no son muy grandes. El mío tiene dos piezas y cocina. O sea, tengo un salón con tele, sofá y mesa para trabajar y una habitación con un armario empotrado de dos puertas y cama. El baño es antiguo, un poco más grande de lo normal, y puedo meter la bici con la rueda subida en el bidé. A veces tiendo la ropa interior en los radios y parece una verbena.

Dios.

Acaba de sonar el timbre y casi me muero del susto. No hay manera de acostumbrarme al sonido.

—Ya voy, ya voy.

Llevo un mes aquí y sigo echando de menos mi casa de Barcelona. Ese piso del l'Eixample, de enormes ventanales y azulejo hidráulico con vistas al patio interior más grande de toda la ciudad. Esa casa tenía puerta de servicio, aunque no la usaba, y un pasillo en forma de U que recorría los ciento cincuenta metros de vivienda, salpicados de puertas de cristal y muebles de posguerra. Mi ventana favorita era la que utilizaba para escribir guiones y hacer facturas. Un teatro de vecinos y ropa tendida que podía mantenerme entretenido durante horas sin necesidad de tener la pata quebrada como el James Stewart de Alfred Hitchcock. Me podía pasar el rato, con la música de Beach Boys, observando a la vecina que bailaba a golpes en su balcón o a la que fumaba con las dos tetas apoyadas en el alféizar. La intuía de rodillas en el respaldo de su sofá con todo su peso lúbrico dejado caer sobre el ladrillo rojo caliente. Alguna vez me vio mirarla. También me paseé desnudo sabiendo que me observaba para pagar mi diezmo a su belleza.

—Ya voy... ¡Ya voooy! —repito más suave mientras me pongo el pantalón y acierto con la camiseta del revés.

Ahora vivo en cincuenta metros cuadrados, cuarenta si le quitas todo lo que te roba espacio. Treinta si pienso en la ansiedad. Veinte si aparecen los personajes. Diez con la caja de VHS y cedés que no soy capaz de tirar. Cero si me resto.

Confío en que el experimento de cambiar de ciudad, de rutinas y de espacio aumente mi amor propio en estos momentos de decaimiento; aunque no me anima especialmente entrar en casa y tropezarme conmigo todo el rato. Es al único al que no quiero ver. Cuando sucede eso, regreso a la gran casa de l'Eixample con la mente, en plan Houdini, y me evaporo. Vuelvo a ver a la chica de las tetas sobre el alféizar caliente y me desnudo al mismo tiempo. Sin embargo, cada día más, me veo obligado a hacer un gran esfuerzo para conseguir el efecto escapista, al primer paso tropiezo con la maleta que tengo en el pasillo, giro y con la rodilla doy con el sofá en el que muchas veces me quedo dormido y al entrar en mi habitación abro la puerta sólo treinta grados para no tirar la ropa que cuelgo en la pared. Si hago todo eso sin mover un trasto, vuelo hasta Barcelona y al interminable pasillo en forma de U donde la chica sigue inclinada hacia el patio interior y la otra baila a golpes en el balcón.

Aquí, en esta casa tan estrecha, lo único que no cabe es tu recuerdo. Me viene bien.

El timbre otra vez. Joder.

—¡Ya voy!

La pila de la cocina no traga bien el agua y estoy esperando a que llegue el fontanero para que me robe.

Ana

He pensado que lo mejor a estas horas de la mañana era hacer la compra antes de subir a casa. La hago de memoria. Tengo la nota de lo que necesito colgada con imanes de la nevera y, por no hacerle caso al médico, subir a casa y rendirme ante las escaleras, prefiero pasar directamente ya por el supermercado y hacerla por evocación.

Repaso mentalmente y creo que me acuerdo de todo. Junto al imán del Coliseo está el suavizante y el detergente, también papel higiénico. Pegada a la cabina roja de Londres está la fruta: quería fresas, chirimoyas, kiwis y plátanos. Sujetos por el oso de Berlín tengo la carne y los huevos. Y, bajo la góndola, están las variedades tipo queso fresco, jamón york, espárragos y alcachofas de lata, cereales, leche sin lactosa y yogures azucarados. Azucarados, sí. Me olvido de las cápsulas de café, una botella de vino y frutos secos. Eso no sé si está entre el Coliseo y la góndola o bajo la Torre Eiffel.

Mario

No era el fontanero. Era un certificado.

—Ponga nombre, DNI y firma.

—¿Aquí?

—Sí. Aquí.

—Aquí no cabe.

—Haga lo posible. Es el espacio que hay en los formularios —ha dicho mientras sujetaba con el pie la puerta abierta del ascensor en una especie de equilibrio circense y ponía el índice en el «aquí».

—Mire a ver si se entiende —le he contestado, dándole el papel—. Es muy pequeño el espacio.

—Eso ya lo miran ellos. Yo sólo traigo el certificado.

Al cerrar me he dado con la maleta, el sofá y una caja de la mudanza que sigue cerrada.

—¡Es que no va a caber mi vida en ningún sitio!

Ana

Un chico vestido de gris me ha sujetado la puerta de la calle para que entrara con mis bolsas. Me emociona mucho cuando algunos hombres siguen siendo caballeros. No es preciso que me llamen «señorita», lo detesto, ni que sean excesivamente gentiles, ni que media hora después vuelvan para hacer un gesto con la cabeza salidos de una novela de Jane Austen. Sólo eso. Que me gusta que me sujeten la puerta. A veces también me habría gustado que retiraran la silla en la cena o que me alcanzaran el abrigo para ponerlo sobre mis hombros. Es cosa mía. Es volver a casa y regresar a los recuerdos de todo eso que no pasó contigo... En fin, portazo.

Portazo.

El chico de la mensajería se ha subido a la moto con determinación, el ruido ha levantado la mirada de toda la acera. Yo misma me he girado desde el portal y lo he visto salir tras los cristales.

Me encuentro ante la escalera como si me empujaran al patíbulo dos guardiaciviles. Pero en lugar de la Benemérita, ando protegida por dos pesadas bolsas de la compra que alargan mis brazos hasta las rodillas. Quedo desolada, la puerta del ascensor parece que me mira como si coqueteara conmigo y, a su lado, el inicio del monte Sinaí y sus noventa escalones dicen susurrando: «Suuuube». Por lo visto, los objetos van a empezar a hablarme como si estuviera loca. Añado que sus voces me suenan muy musicales y parece que los escalones toquen el piano como teclas de un Steinway & Sons.

(Recordatorio: la forma más adecuada de atender a tus neuras es darles de comer. Me encanta ponerme a hablar sola y añadirle emoción a la simpleza de una mujer que vive sola). He puesto dos solas en la misma frase. Intento quitar una, pero no puedo. Lo estoy.

Después de mirar los escalones, me rindo. Sin querer, piso el crujiente envoltorio de un caramelo y el ruidito me hace pensar que voy a resbalar. En mi cabeza me caigo de manera estrepitosa. En la realidad, sólo suelto un bufido como una vaca. No lleva mucho tiempo discutir con una misma. Abro la puerta con el codo y me meto en el ascensor. Ojalá el mensajero hubiera estado para abrirme la puerta, pienso.

Portazo.

Mario

Me vuelvo a la cama con la sensación de que el día empieza muchas veces, me siento en el borde del colchón y me descalzo dócilmente, empujando la deportiva derecha con el pie izquierdo y a la inversa.

El cielo está gris pero no necesariamente amenazador, y alguna vez tendrá que llegar la primavera.

La gabardina sigue colgada tras la puerta y el paraguas se balancea cada vez que entro como un diapasón.

Antes de cerrar los ojos pienso en el cielo de estrellas que tengo en mi techo, un firmamento artificial en el que adivino mi horóscopo y el tuyo, que era el mismo, pero a estas horas no me duermo. Sólo cierro los ojos.

Timbre.

Ana

Me gusta descalzarme cuando entro en casa. Es lo que acabo de hacer. Lo hacía de niña, en la playa, en aquel apartamento veintitrés que se movía en los días de tormenta y que era firme y recio en los días de sol. La vida es incierta, como los pisos veintitrés. Descalza notaba la seguridad del suelo, como si echara raíces a cada paso, como si las arrancara al levantar el pie. Así iba por la vida, sin protección pero segura.

Es lo que empecé a hacer cuando dejé de vivir contigo: descalzarme. Supongo que me apretaban los zapatos con la misma presión que el pecho. Me los quité. Volvía a estar desprotegida pero segura. De hecho, era más fácil quitarse los zapatos que el corazón.

—¿Es verdad eso que me han dicho?

—...

—¿No vas a decir nada?

—Si te lo han dicho, será verdad.

Al principio, todo resultó burdamente convencional. Caras largas y pocas palabras. Luego muchas palabras y miradas cortas. Después, la nada. Y la nada es tan espesa... Fuiste tú quien no quería hablar, porque no querías oírme. Pero me tenías que oír, ¿o te crees que ignorando la situación no existe?

Cuando me lo dijeron, no podía creerlo, que eras sospechoso, aseguraron. *El típico hombre que pone los cuernos a escondidas* fueron las palabras textuales.

—Vete.

Vete, te dije. Habían acertado. Eras de esos como-los-demás. Con la de veces que te dije que eras especial.

Me enfurruñé, no voy a negarlo, pero encontraste la manera de sacarme de quicio para olvidarte enseguida. No es que durmiéramos mucho juntos, o digamos que en mi recuerdo aparecen más las noches de sexo que las de abrazos. Así que cuando ahora te echo de menos, sólo aparece tu sexo. Ningún abrazo. Cuando ahora miro mi cama, no puedo evitar verme follando, pero como un objeto más, no hay emociones. Y según los días, no depende de mí, lo lamento o me alegro, porque gracias a tu sexualidad excesiva también te perdí.

¿De verdad te dije que eras especial? Demasiados agasajos.

Y yo, espacial, viviendo en otra galaxia.

Ese día que saliste de mi vida empecé a descalzarme y andar desnuda por casa. Lo que no entiendo es por qué estuve tanto tiempo con los zapatos puestos.

Mario

Este piso no tiene el suelo hidráulico que tenía yo en Barcelona, es de parqué en forma de espigas. Espigas raras que se dirigen a la cocina, donde mueren y empiezan los azulejos grises. Me da miedo andar descalzo por si me clavo alguna astilla. La madera me crea desconfianza, está vieja y desgastada por tramos, como si los anteriores inquilinos hubieran pisado donde los anteriores, y estos donde los otros... y así siempre en una espiral de inquilinos que no se salen del circuito previsto; está mal barnizada y se echa de menos un repaso de lija en las zonas muertas. De hecho, cuando me pongo los calcetines de andar por casa, unos gordos de lana que no abrigan porque son malísimos, noto que se engancha alguna hebra.

El suelo de Barcelona formaba dibujos con forma de pez, parecía que andabas sobre las aguas, como Jesucristo.

—Quien te oiga...

—¿No te parecen peces?

—Qué van a parecerme peces. Son espirales, o eses, o algo así con forma de curvas...

—Pero si te fijas, las curvas cuando se juntan parecen peces.

—¿Y la cola?

—El azulejo siguiente.

—Venga, vamos... Estás hecho un poeta lírico.

—Es lo mismo.

—¿El qué es lo mismo?

—Eso, que da lo mismo.

Tomamos sendas diferentes cuando dejamos de ver peces en el suelo. Yo veía el Mediterráneo bajo mis pies y tú, como eras más de mirar hacia arriba, pusiste ese cielo estrellado sobre nuestra cama. El firmamento, lo llamaste. La geografía de nuestro colchón coincidía con el mapa de la Osa Mayor, tu pecho quedaba entre Orión y mis manos. Y yo, perdido entre ochenta y ocho constelaciones fluorescentes.

—Mira, Casiopea.

—¿Y esa?

—Perseo, junto a la Jirafa. ¿La ves?

—La veo.

—Y mira el Dragón, el que abriga a la Osa Menor con su cola...

—¿Era así?

Un error de las instrucciones quiso que lo colocaras del revés y el destino hizo que lo viéramos como si nosotros fuéramos el mismo Dios. De modo que nuestra cama estuvo siempre flotando en el universo, más allá de un firmamento de estrellas puestas del revés.

Esta semana compré uno parecido en un chino y lo he recreado de manera torpe sobre la cama de esta nueva casa. Pero como es pequeña, me he dejado la mitad de las constelaciones sin poner. Las he tirado a la basura.

Debo de ser el único que tira estrellas.

—Así, cuando me acuesto, pienso en ti.

La noche en que puse una sucursal de las estrellas, después de muchas sin atreverme a hacerlo, puse también el dolor: volví a escuchar una canción que me gusta. Me fui directo al *play* y me jodí el sueño. Volví a verte bailar la maldita estrofa. La que tanto nos gustaba.

La última vez que dije «nos» debió de ser en un restaurante.

No concibo una canción que me guste y no me desangre. Como este suelo, me da miedo. ¿Se puede tener miedo a andar? Me dije que empezaba a ser un pavor absurdo, que quien hubiera vivido antes lo habría pisado tanto que estaría liso y libre de arañazos. Me dije que era el momento de descalzarme y tirar esos calcetines a la basura. Si quería olvidarte, habría que empezar por perder algunas costumbres salidas de mis fracasos.

Qué es un arañazo comparado con una mutilación.

Esa noche, cuando me levanté con tu resaca musical, me fui a la cocina. Me acordé de los peces de Barcelona y de la arena de mi playa, caminé con algo de miedo y busqué las espigas que parecían más gastadas para ir poniendo mis pies. Me acordé también de las veces que te llevé el desayuno a la cama y, alocada tú, acababas manchando las sábanas de zumo de naranja. «Un hombre que no camina seguro no llegará a ningún sitio», me dije. Pero me pinché. Y como con la canción, empezó la hemorragia.

Volví a los calcetines para andar por casa.

Volví a evitar tus canciones favoritas.

Ana

No podía olvidar que cuando todo terminó de venirse abajo, cuando cogiste tus cosas y saliste de casa, me quedé sin energía y sin planes. Tratar de mantenerse en pie cuando has vivido en plural empieza siendo una tarea casi escolar. Me ponía deberes, me partía la cara por buscar exposiciones, salir a museos, buscar nuevos bares y abrirme redes sociales para... ¿flirtear? No recordaba lo duro que es volver a estar en el mercado. Acabas defendiendo tus méritos como si hubiera la sospecha de que no sirves para nada.

Mi casa se había quedado helada. Me costó trabajo volver a sentir que era mi casa, mi colchón y mi cocina.

—¿Qué redes usas?

—Todas.

—Me permites que no te crea —me dijo mi amiga.

—Pues no me creas.

—¿En serio?

—Todas.

Mi amiga me sonrió:

—Vamos, que vas dispuesta.

—... no sé a qué —la corté—, pero entre delirar y jugar, prefiero jugar.

—Y... ¿has quedado con alguno?

—No. De ninguna manera.

—Entonces, para qué te has puesto todas las aplicaciones.

—Para entretenerme.

—¿Sola?

—Mujer, veo caras, opino, les pongo mensajes, me ponen mensajes, me contestan, me irritan, los borro, envío iconos de cervezas, alguna verdura...

—¿Verduras?

—Berenjenas y cosas insinuantes.

—¿Te parece insinuante una berenjena?

—Pues no, pero es lo que se pone en estos casos.

—¿Dónde?

—En las redes.

—Qué zafio todo.

—Vamos, que tú no vas a ponerte aplicaciones...

—No me veo.

—Yo tampoco me veía. Y ahora me tienes en casa, con la tele apagada y hablando con el móvil con un montón de tíos.

Me puso la mano en la frente:

—No te pega. Esto no va contigo.

—Tampoco va conmigo que me pongan los cuernos y ya ves.

—Vamos, deliras.

Arrastró la cerveza y se la bebió.

—Está caliente.

—¿El qué?

—La cerveza, Ana, la cerveza. No estás bien.

Mi amiga tenía razón. Al principio no estaba bien. Habría sido un milagro estarlo. Los demonios que aparecen en la ruptura son desconocidos, hay que tener mucho coraje para saltarlos. Cuando los conoces, los dominas y ya no parecen gran cosa. Todavía no había llegado ese momento.

«Llegará», escribí en la pared de la cocina.

Rememoramos nuestras hazañas de solteras y empezamos a mirar las fotos de todos los hombres a los que había puesto «me gusta».

—Qué valor tienes.

—¿Por qué?

—¿Este?

—Sí, yo qué sé. Tiene algo.

—Tiene faltas de ortografía. Eso tiene.

—Qué quieres. Que actúe de madre o de posible novia.

—Me parto. «*Haber* si nos vemos». Tócate...

—Ya, así todos.

—¿Les contestas?

—Claro. Y lo hago con faltas de ortografía.

—No te creo.

—Mira los mensajes.

—Qué burra eres.

—Sólo follan los torpes. ¿No te das cuenta?

Las conversaciones eran desastrosas. Cada una de las faltas golpeaban los ojos como si fueras a perder el equilibrio en cada palabra. Las frases eran precipicios. Se me había olvidado cómo se podía escribir tan mal. A veces cerraba los ojos y respondía sin mirar.

Un día llegó un mensaje sin faltas.

Mario

—¡Ya voy!

Timbre.

—¡Ya vooooy!

El fontanero llegó media hora después de lo previsto.

—El tráfico está fatal.

—Ya, lo sé. Es mala hora.

—Además —dijo, evitando la maleta de la entrada—, no había manera de aparcar en este barrio. Son calles estrechas y todo es zona azul. He buscado sitio como un loco. No sé cómo se las apaña usted.

«Usted» era yo.

—Bueno, no tengo coche —respondí—. Voy en autobús.

—¡Eh, eh, a ver! —gruñó mientras resoplaba el flequillo como si soltara el humo de un habano—. ¿No querrá que vaya en transporte público con la caja de las herramientas? —dijo, señalándose a sí mismo.

—No, no. No decía eso. Quería decir...

—Yaaa... Era broma.

Ya estamos —pensé—. *Ya estamos...*

—Dígame, dónde está la avería.

—Aquí.

—¿Cómo?

Había señalado mi corazón.

—¿Qué dice?

Ninguno de los dos se movió entonces. La contraventana suelta golpeó en la ventana. Los dos miramos. Yo me había olvidado completamente de la avería.

—Tengo atasco —dije cuando volvió a mirarme.

El fontanero sonreía con cara de gilipollas. Mi especialidad era darles la vuelta a las cosas.

—¿Está bien, señor?

—Sí. Sí. Me duele.

—¿Cómo?

—Que me duele.

Morir así, desaparecer sin rastro, hundirme en la madera sin despedida, sin ni siquiera un duelo formal, un fontanero en casa que llamaría a la policía. La mirada que me dirigió decía: «Sí, pero ¿por qué me pasa a mí ahora esto en una visita de trabajo?». Y tuve la sensación de que era lo correcto, pensar en el fontanero y no en mí. A quién se le ocurría morirse. Y por esa razón forcé una sonrisa. Me dije: «Basta con estar jodido, no es necesario más. No tengo necesidad de amargarle la vida a este pobre hombre. La mayoría de la gente cree que llorarán por uno, maldita putada, que harán entierros con público y saldrán en las noticias. Yo pienso lo contrario, que todo se diluye, que mejor no morirse donde no tengamos las cosas controladas. Mejor no alterar». Por ello, en vez de morir, resoplé.

—Nada. Ya.

El hombre pareció un poco alarmado, pero lo superó con herramientas de tipo normal.

—¿Y ahora qué pasa? ¿Qué hacemos?

—Nada.

—¿Dónde le duele?

—Todo.

—Ay, coño. ¿Qué le pasa? ¿Llamo a alguien?

El fontanero ponía un pie delante del otro como si hiciera equilibrios sobre una cuerda y agarraba su caja de herramientas pegándosela al cuerpo. La ventana volvió a golpear.

—Bueno, ya está... —dije, calmándole.

—¿Qué?

—Sí, que ya está. Que se ha pasado.

—Joder.

—Estaba bromeando. La avería es en la cocina. Venga.

Soltó la caja y cayó en el suelo de espigas. Se levantaron dos maderitas y saltaron como si fueran peces. Supe que había que descartar lo de andar descalzo por casa para siempre con mayor razón. El hombre no soltó ni un exabrupto.

No se puede bromear con el corazón.

Ana

There's a starman waiting in the sky,
he'd like to come and meet us.
But he thinks he'd blow our minds.

No pude responder al momento. No sabía qué decir. Vi que seguía conectado y en mi cabeza quería responder en inglés, pero me vi haciendo el ridículo con las palabras de un idioma que no manejo. «Por qué no será francófono como yo», pensé. Me limita Shakespeare y me da la vida Flaubert.

Con el inglés no sé qué tipo de guerra mantengo: intento leer, poner películas en versión original, forzarme a escuchar canciones y entenderlas, seguir los subtítulos... pero cuando me pongo a escribir, me sobran haches.

Al final, serían alrededor de las ocho y media cuando respondí. Había escrito y borrado varias frases como si no supiera de qué color pintar el cielo. Sin embargo, me lancé.

Preparando pista para su llegada. ENVIAR.

Tren de aterrizaje encendido —respondió inmediatamente.

Abróchense los cinturones —dije, haciéndome la lista.

Demasiado lista. Demasiado fría. Demasiado pensada. Demasiado antipática. Demasiada sospecha. Demasiado cuidado. Demasiado burócrata. Demasiado...

Sin ti no habrá forma de tenerse en pie —soltó.

Exagerado —escribí sin pensar.

Esta ya era yo. Sin armas.

Me llamo Starman.

Bonito nombre. Yo... *Amalia.*

Mario

—*Mario, Mario Bellver.*

—Deme el DNI que haga la factura.

—Eh... Espere...

A un observador le habría parecido que me estaba precipitando al trabajo en negro y a los pagos sin IVA, pero no era así. No sabía dónde había dejado la cartera.

—La broma de antes me ha asustado —dijo mientras yo le deletreaba mi apellido—. ¿Era verdad que no le pasa nada?

—Ha sido un amago.

—¿Está soltero?

—¿Cómo lo adivina?

—Por cómo habla.

—Existen muchos tipos de solteros. Yo estoy separado.

—No esté mucho tiempo así.

—¿Por?

—Se cogen manías. Manías raras.

—Ya las tengo. Además, a usted qué le importa.

Acabó de rellenar la factura rudimentaria y alzó la vista conciliador.

—Lo siento. Soy un desastre dando consejos.

—No, no, disculpe. Lo siento yo. He sido un grosero. Seguramente tiene hasta razón.

Pese a mí mismo, miré hacia abajo. Y, en ese momento, perdí la partida. Supe que ya estaba coleccionando manías. Me estaba cacheando los bolsillos una y otra vez en busca de la cartera.

—¿No la encuentra?

—Disculpe otra vez.

El hombre no protestó. Apoyó las herramientas en el arcón de la entrada y empezó a dar vueltas por el salón, mirando objetos y tocándolos.

—No se lo creerá, pero yo tengo uno igual.

—Un qué.

—Una caja de estas para guardar cosas.

—Eso es un libro.

—Ya... Pero que tenemos uno así, que no es un libro, que es una caja. Tiene la misma portada.

—¿Ulysses?

—Sí, eso. Ulysses, pone.

—Ya. Y... ¿qué guarda?

—La copia de las llaves, los pasaportes, alguna cosa de mi mujer, ahorrillos y... ¿Por qué le estoy contando qué guardo?

—Porque se lo he preguntado.

—Ya, pero son cosas mías.

—Será por hacer tiempo... No pregunto más...

—Si ese libro fuera una caja, sabría dónde buscar la cartera, siendo un libro... mal. Es más práctica mi caja.

—No lo dudo.

El fontanero se agachó a ajustar las dos tablillas que se habían soltado del suelo.

—No las pise, la cola pegamento hará efecto dentro de una hora —dijo, pasando la mano por encima.

—Perdone que tarde. No sé dónde coño la he dejado... ¡Ya! Aquí está.

Alcancé la cartera y saqué el documento; no he sido capaz de memorizarlo nunca, mezclo el teléfono, la matrícula y la clave wifi en cifras desordenadas. Hasta que supe que no hace falta aprenderse la vida de memoria, no estuve tranquilo. Por lo demás, tampoco memorizo canciones, tarareo con énfasis, como lo hacen todos, en francés, alemán, inglés... Incluso me vi un día entrando en YouTube y poniendo canciones checas porque vine feliz de Praga y creí que la música sería igual de bonita que la ciudad de Kafka. Había sonado media canción cuando dije: «Basta». Y eso que cogí una versión que me gusta mucho y que funciona en todos los idiomas: *Venecia sin ti*.

Qué profunda emoción
recordar el ayer
cuando todo en Venecia me hablaba de amor.
Ante mi soledad,
en el atardecer,
tu lejano recuerdo me viene a buscar...

Todo esto soy capaz de tararearlo mientras escribo.

Pensé que viajar me abriría la mente y olvidaría todo lo que habías sido para mí. El piso de suelo de peces se me quedaba pequeño, me ahogaba, España se había vuelto a poner adolescente con tantas elecciones y vi que era el momento de hacer cambios. Y el cambio fue una maleta con pocas cosas. Lo que más ocupaba era tu recuerdo. Cambié de ciudad. Madrid es la capital, un lugar en el que las oportunidades se multiplican, donde nunca se duerme, donde hay de todo y en el que uno puede perderse. O fundirse. Pronto advertiría que sólo me fundí de calor. ¿Dónde estaba el mar? ¿Y los peces hidráulicos que pisabas descalza en Barcelona?

—Veo que no ha abierto el grifo.

—¿Cómo dice?

—Que pruebe que ya no se atasca. Que lo haga usted mismo... que compruebe que todo funciona correctamente antes de irme...

Cuando tuve claro que el buen hombre no iba a añadir nada más, fui y abrí el grifo. Escuché el mar.

—¿Ha sido fácil? —pregunté.

—Sí, era poca cosa —respondió el fontanero.

—Entonces... no será mucho.

—El tamaño de la avería no tiene nada que ver con lo que cueste repararla. ¿Me explico?

—Perfectamente. No lo sabe bien.

—¿Bromea?

—Al contrario.

—Bueno, pues si no le importa: firme.

—Lo ve —dije mientras estampaba mi nombre—, doscientos cincuenta euros, una firma y todo arreglado. Si desatascar algunos problemas fuera así de sencillo, nos iría la vida mejor.

—¿Está insinuando que le ha parecido caro?

—Sin lugar a dudas. Pero sencillo, sobre todo. Es lo importante.

—Me puede pagar en negro.

—No, no, de ninguna manera. Me relaja pagar de forma oficial.

—¿Lo estoy entendiendo bien?

—Yo diría que sí. ¿Le parece una manía de raro querer pagar de forma correcta? —dije, mirándole con resignación—. Mejor así. El resto de mis problemas ya ando pagándolos con demasiados plazos.

—¿Tiene alguno más? ¿Necesita...?

—... No, no, no. Imposible. Ojalá pudiera hacerme factura con el resto. Pero lo veo imposible.

—Dígame.

—Mejor no.

—Entonces acepte mi tarjeta para otra ocasión.

—Me la quedo. Nunca se sabe.

—Bueno... Bien... Pues me marcho. Encantado. Por cierto. ¿Es bueno el Ulysses ese? —me preguntó, incorporándose con las herramientas.

—Muy largo.

—Por eso lo hicieron en versión caja, ¿no?

—Mejor con llaves de repuesto y pasaportes. Sin ninguna duda.

—Y ahorros...

—¿Pensaba leerlo? —le pregunté.

—No, cosas de mi mujer. Quería forrarlo con flores. Pero le he dicho que los libros pasan más desapercibidos.

—No le quepa duda. Algunos pasan muy desapercibidos.

Recorrí el pasillo hasta la sala de trabajo y, mientras rellenaba la factura, telefoneé a la editorial. Una mujer que no era ella se puso al aparato.

—¿Diga?

—Hola. ¿Está...? Creo que me he equivocado.

—¿Quién llama? —preguntó la mujer de la manera hostil con la que se trata a los bromistas.

—Soy Mario Bellver —respondí. Parece que hoy era el día de repetir mi nombre.

—Ah, perdona, Mario. Me he puesto en su mesa, ha bajado a la cafetería. ¿Quieres que le diga algo? ¿Es sobre la novela?

—Sí, por favor. Dígale que tengo el texto.

—En cuanto suba se lo digo.

Pensé que, dadas las circunstancias, lo mejor que podía hacer era colgar. El hombre estaba mirando las paredes de la casa como si visitara el Prado.

—Delante de mi casa hay una pared muy parecida a este cuadro. De esto que pintan con espráis —dijo.

—Basquiat. Una litografía.

—Aham... ¿Usted no está casado? —añadió, ya a punto de irse.

—¿Otra vez?

—No, no, no. Como he visto fotos de esa chica morena en la nevera. Pensé que era su mujer, pero claro. A la mujer no se la pone con imanes, estaría en un marco. Cosas mías. Perdone por preguntar.

A lo largo de la tarde, entre esta absurda conversación y otras miserias, mi ánimo se había ido al garete. Cuando abrí y cerré el grifo compulsivamente como si quisiera volver a atascarlo para no ser el único con problemas en este piso de parqué astillado, quité la foto de los imanes, la guardé bajo los cuchillos e hice café para un regimiento. Puse la cafetera grande, la que me regaló mi madre cuando me fui de casa a los dieciocho y que me acompaña como si fuera mi verdadera mujer, no en vano tiene las formas de Sofía Loren. Oroley, se llama. Italiana, le dicen. Tenía en mente todo el rato la sensación de vacío en este piso. Y, joder, sentirse estrecho en un piso pequeño es la cosa más asfixiante que existe.

Junio suele ser un mes luminoso en Madrid, pero también sorprende con un aguacero que te fastidia el día. La ropa de invierno anda escondida y la de verano va salpicando los estantes como dejándose ver. La diferencia entre el piso de Barcelona y este es que aquí todo se mezclaba inexorablemente: bufanda con calcetines, botas con sandalias, jerséis con gabardinas y camisetas con chaquetas. Podría ser una solución ordenarlo, sí, pero ni tenía ganas ni espacio. Los problemas se hacen mayores cuando se juntan estas dos variables.

Echaba de menos mi arcoíris de libros, ese paraíso en el que me dejaba la vista eligiendo qué volver a leer, qué sacar de la biblioteca y qué reordenar por autor o editorial. También echaba de menos los objetos de mis viajes, esos trastos que eran importantes en el lugar y perdían interés en cuanto llegaba a casa, pero que se mezclaban en una especie de Disneylandia de los horrores: desde el tuareg azul, hasta la torre metálica, la vela gastada, la caja de nácar, el mineral, los caramelos de cristal de Murano, el cuarzo rosa, los gatos chinos o las aves de metal. Aquí, sin nada, sin esas pequeñas mierdas, no había patria.

Jugar con el móvil.

Sí, creo recordar que era lo único que hacía.

Mirar la hora a pesar de llevar un caro reloj en la muñeca.

Enviar mensajes.

Ana

Mensaje recibido:

Amalia también es un nombre bonito.

Has tardado un rato en contestar.

Estaba con problemas.

Todos los hombres tenéis problemas.

¿Vosotras no?

Nosotras nos quejamos menos.

Pues hablamos más tarde. Tienes razón. Hoy estoy regular.

Ok.

Mario

Ya me había tomado dos tés en la nueva cafetería del barrio, cuando me recordé paseando por las escaleras del hotel Formentor. Era junio y el mar se mostraba azul imposible, las buganvillas llenaban de color los maceteros y explosionaban en el verde de los pinos haciéndose paso, violentas. Había lirios, creo recordar, en aquel vergel de plantas y sillas ordenadas como niños de colegio. Lirios blancos y morados. O del color del vino tinto joven, del que mancha la boca. No sé bien. La memoria me deja un agujero desde el que veo perfectamente la bajada de las escaleras hacia el mar, aquellos escalones torpes, de paso tonto, por los que subía y bajaba buscando la inspiración para la novela. Si me acercaba, olía a sal, si me alejaba, a pinos. El mar me guiñaba un ojo desde la verja de hierro y, tras ella, más abajo, tras las rocas y el pantalán donde unos niños saltaban sin sonido, un velero esperaba como si quisiera zarpar cuando yo dijera sí.

La sombra de las pérgolas llenas de verde dejaba pasar la luz creando confeti en el suelo de piedra; era la fiesta del verano que se asomaba entre los pájaros y las primeras cañas muy frías.

La calma habitaba allí y se mostraba coqueta entre los caminos y las buganvillas. No sé qué parte de mí buscaba inspiración, la del barco que espera, la de los escalones que invitaban a llegar al mar o la de la habitación en la que me hospedaba.

—Habitación 113, esperamos que la disfrute.

—Sin duda. ¿Es la de Churchill? Tenía entendido que durmió aquí, en este hotel —pregunté.

—Es la de *Doña Blanca.*

Suite Na Blanca, en mallorquín, me pareció un destino perfecto para aquellos días de huida. No pude imaginar que, por el contrario, serían días de llegada.

Ana

—Puse OK. Dos letras. Me dije: «Basta».

—Lo veo bien. No eres la psicóloga de un chico al que no conoces, del que no sabes su nombre, sólo que firma como Starman y que es una mezcla entre tío listillo, vulnerable y frío.

—¿Lo ves así, Elena?

—Por lo que cuentas...

—Es que a lo mejor no lo estoy contando bien.

—¿Qué te había escrito en ese mensaje?

—Espera que lo busque... Mira:

There's a starman waiting in the sky,
he'd like to come and meet us.
But he thinks he'd blow our minds...

—Eso es de Bowie. David Bowie.

—¿Eso crees?

—Claro. Si quieres te la pongo. No soy muy de Bowie, pero es famosísima.

—Sin música no la había reconocido.

—Ya.

Me observó, comprensiva. Me entró vergüenza.

—Perdona, no debía habértelo dicho. A lo mejor se lo ha inventado y coincide con la canción.

—Un plagio —bromeé.

—Si es por un buen motivo...

Mario

—¿Qué canción está sonando?

Uno de los músicos que ensayaban para el concierto de verano se había puesto a interpretar unas notas mientras llegaba el resto de la orquesta.

—¿Le gusta? —El camarero dejó mi caña fría junto a unas almendras y me respondió con una pregunta. Asentí. Luego enumeró los temas del disco.

—Veo que lo conoces bien.

—Me gusta.

—A mí me cae bien.

—¿Lo conoce?

—Hablo de su música.

Meneó la cabeza, un poco cortado por la apreciación.

—¿A qué habitación lo apunto?

—113.

Ya había pegado dos tragos a la cerveza cuando reparé en la chica que estaba sentada junto a los lirios blancos y morados. La última vez que había escuchado música al aire libre, entendiéndola y dejando que se colara por la ropa, había sido en un concierto en la Barceloneta. Después de una de esas tardes que se alargan como chicles sabrosos y acabas conquistando la noche en la playa. Ahora, varios años después, volvía a oírla y, de pronto, en lugar de borrachos sudorosos dando saltos calados de droga y alcohol, había una chica, serena y melancólica. Me la quedé mirando durante... es difícil de decir. En situaciones como esa, el reloj pierde las manecillas, disimula. No se sabe si es una eternidad o un segundo.

Me apetecía ir y sentarme con ella. Decir una tontería, preguntarle por la música, por ejemplo, y sentarme; o decir... ¿puedo? Me mandaría a la mierda.

Presentía que estaba cansada. Que estaba a punto de subirse a la habitación. Que había viajado sola. Que tenía mi edad. Que olía a esas colonias de fruta, ácidas. Que dormía desnuda. No, sólo en bragas.

Otra vez el escritor buscando datos. En fin.

La chica rompía palillos de madera y los apilaba en montoncitos. Sonreía levemente con los ojos cerrados. Como si sintiera la música. Me levanté de la silla. Hice ruido. Me miró de una forma muy rara. Como si me apuntara con un arma o me estuviera radiografiando o maldiciendo por no retirar la vista inmediatamente. Cundió el pánico entre los engranajes de mi cabeza. Se frotó los párpados y pasó de mí.

No llegué hasta donde estaba sentada. A medio camino se interponía una mesa que se ocupó con una pareja empalagosa y lasciva que cenaban mirándose la boca. Se soltaban la mano para coger los cubiertos y brindaban cada vez que el camarero les rellenaba la copa. El signo más inequívoco de que eran recién casados era la forma en la que jugueteaba él con su anillo.

«Le molesta», dije para mí.

En mis oídos zumbaba esa alianza cada vez que la giraba en su anular como un moscardón. Como si me hubieran puesto un micrófono amplificador de emociones ajenas.

El amor a veces es molesto. En este caso, lo era. Sin embargo, seguí mirándolos por si me servían para la corrección de la novela. Una pareja cursi siempre anima un texto gris. Ay, no se puede luchar contra la naturaleza de uno, así es que anoté algunos de sus gestos y palabras en la servilleta.

Porque eres bonita, tú también lo eres cuando me miras. Recordaremos estos días. Te miro. Llevo semanas así. Hago tenaza con tus piernas. Eres mi primer amor. Te quiero. El último. Siempre.

Por pudor. Para que las notas no cayeran en manos de ningún ojo, escribía con letra minúscula.

La chica serena se abanicaba al otro lado de la fábrica de almíbar, recogía el sudor del hueco de su cuello, eso que los médicos llaman fríamente cavidad supraesternal, y se anudaba el pelo en una coleta de la que se soltaban mechones rebeldes y húmedos. A veces se tocaba el labio inferior suavemente con el dedo índice mirando pensativa las estrellas.

Pasó un cometa.

Eran las once cincuenta y tres, la misma hora en la que cinco años después llegó la sonda Juno a la órbita de Júpiter.

Me despisté intentando pedir un deseo, no sabía qué mendigar en ese momento de fuga de estrellas y... la miré de nuevo. Vi cómo le decía el número de su habitación al camarero para que lo anotara en la cuenta y bajaba decidida hacia las escaleras con unas sandalias en la mano. Creo que mi primer impulso fue imitarla, ir tras ella, pero preferí seguirla con la mirada hasta que la oscuridad del mar se la comió. Intuía su figura junto a la verja, abanicándose con calma bajo el calor y con el sudor recorriendo el hermoso hueco de su cuello.

Ana

Durante toda la tarde estuve poniendo la canción de *Starman*. La pereza mezclada con el calor es insoportable. En ese momento, tirada en el sofá de casa, me miraba las uñas pintadas de los pies y me mordía las de las manos. Corregí la hora del reloj varias veces y dejé la vista fija en el segundero, siguiéndolo como un peregrino constante que pasa por los mismos sitios que ha pasado ya otro. Me dormí cuando ya no sabía si estaba sonando la canción en mi cabeza o en la radio.

Aquel hotel era inmenso, o me lo parecía. Tenía terrazas que salvaban los desniveles con pérgolas y silloncitos de mimbre. Aquí un restaurante, aquí una piscina, allí unas mesas, más allá unos columpios, una escultura desnuda y unos escalones que conducían a una verja cerrada. Recorrí el enrejado por un caminito de piedras y hierbas aromáticas hasta encontrar una salida al mar. Me colé en la primera cancela y me di cuenta de que no llevaba la tarjeta de la habitación para poder regresar, se había quedado con la toalla en la tumbona, tendría que saltar la cerca como un ladrón.

Joder, qué cabeza.

Por un momento, me puse nerviosa. Traté de dejarla entornada, pero se cerraba una y otra vez. Lo mejor era volver a la habitación. Era boba. Tiré de la manivela y murmuré un «me da igual» mirando el bosque de pinos.

El mar estaba esperándome. Tan transparente, tan pausado. Mecía unas olitas que parecían de espumillón navideño y que no llegaban a morir en la orilla. Tímidas como caracoles, lentas como ellos. Todo se veía muy hermoso, prístino y puro y, de forma inexplicable, las lágrimas empezaron a correr por mis mejillas.

Me senté en la barandilla de piedras como una niña perdida que hace tiempo que no arropan en la cama. No había desayunado, había pasado la noche en vela y opté por bañarme, desayunar y tumbarme a dormir como esa niña que ya no era junto al mar.

Mario

La vi desde mi habitación recorrer el camino de buganvillas hasta la escalinata. Volvía a repetir el mismo gesto —que me parecía tan suyo con sólo una noche de por medio— de recogerse el pelo varias veces, soltarlo y volverlo a sujetar con una goma hasta dejar la coleta medio hecha. O medio deshecha. Tenía una espalda llena de huesos que se marcaban cuando levantaba los brazos livianos para desperezarse y estirar la columna. Era lo que el tiempo me dejaba imaginar en ese lento recorrido de una anónima que se alojaba en el mismo hotel que yo.

Estuve mucho rato en la ducha, hasta que tuve la sensación de que ella y yo estábamos en la misma agua.

Luego me quedé dormido sin desayunar. La felicidad que genera la posibilidad es brutal, todo lo que puede pasar se amontona a tu alrededor como si fuera un baile al que te han invitado. Y bailas, claro que bailas. La chica desconocida que bajaba a la playa era un generador eléctrico capaz de mantener en mí una diferencia precisa de potencial entre la realidad y la probabilidad.

En la ducha me masturbé.

—Es lo que haría yo —me aseguró mi amigo Berto cuando le dije que me encontraba bien, que el hotel era cómodo para repasar el texto y que había «secundarias con carácter» entre los huéspedes.

—¿A quién se parece?

—Yo qué sé.

—Alguna actriz, dime, así la imagino también.

—La he visto poco.

—Acabas de trazarla como si fuera la descripción de un personaje para hacer un *casting* y ahora me vienes con excusas. No hay excusas, tío. Piensa en una actriz a la que se le parezca. Va.

—No sé. No se parece a ninguna.

—Estás fatal. Es la peor respuesta que puedes dar. No-se-parece-a-ninguna. Venga. Error.

—¿Eso crees?

—Tú eres el autor, yo soy un iluminador. Es la típica contestación que dan los pringados; te lo digo de buena fe y sin mala intención. El diablo te perdonará, pero te has colgado de ella.

—Bueno —dije yo.

—Bueno —dijo él.

Mientras pedía a recepción un sándwich y fruta pelada, me puse a repasar la habitación. Era grande, alrededor de ochenta metros cuadrados. Tal vez más. A través del salón de entrada, donde había dos grupos de sillones y chimenea de piedra, se accedía a la terraza y al jardín, desde la cama se veían las tumbonas y parte de la bahía cerrada de Formentor: pinos, montañas, mar. Encendí las luces del vestidor y me dio por ordenar la ropa que todavía seguía plegada en la maleta; puse los zapatos en el suelo del armario, coloqué la ropa interior en los cajones, amontoné las camisetas dobladas como en las tiendas, colgué los pantalones y en el segundo armario, más cercano al baño, dejé el traje y las chaquetas. Al acabar, guardé las maletas bajo la cama. Patada. Hecho todo, sentí que me había ordenado también; me quedé en pie, mirando el lugar.

Justo al otro lado de mi cama, en la segunda mesilla, se habían ido acumulando los bombones de cortesía. Fui a alcanzar uno, pero lo dejé.

Por si acaso.

Sonó la puerta.

—¿Quién es? —No sé por qué me alarmé.

—Servicio de habitaciones.

—Voy.

Mi currículum amoroso se parecía mucho a ese momento en el que llega el desayuno a la habitación porque no has comido nada desde hace un montón de horas. Siempre he creído que nada revela tanta sexualidad como un hotel y la forma en la que lo abandonas. La insatisfacción me había llevado a probar muchos desayunos en solitario. Con esto quiero decir que había decidido tener muchas noches de sexo y muy pocos amaneceres de amor.

(Guardar esta frase para la novela).

Tomé después la senda que desciende desde mi habitación hasta la zona de las pérgolas, bajo los balcones del desayuno bufé y con un cielo que empezaba a emborracharse de azules y sol.

En unos pocos minutos estaba en la verja que separaba el hotel de la playa. El reloj me dijo que era el momento perfecto para volver a mi mesa y seguir con el trabajo, pero no quise, opté por seguir mis pasos, esos que dicta otro guion, como si, en lugar de un tipo de treinta, fuera un niñato adolescente con erecciones inoportunas.

Los pinos se encargaron de abrirme camino para encontrar la portezuela de acceso al sendero de la playa. Era evidente que iba algo azorado. Por lo demás, era una mañana brutal en la que un barco silueteaba tres palos en el horizonte y una moto náutica rompía la quietud del azul.

Mientras bajaba por las rocas, noté cómo mi corazón se aceleraba. Busqué su espalda de huesos y la encontré, tranquila y definida en la orilla.

Con su mano acarició su cuello, intentando recoger los pelos rebeldes que movía el viento: despacio, caracoleando con ellos, como invitándome a que lo hiciera yo.

Los pinos eran como visillos de pueblo entre los que vigilaba la escena, como el director que comprueba que todo marcha bien y no quiere romper el clímax de la actriz. Bastaba para ver su dorso, su trasero, sus piernas y los pies asustadizos ante la temperatura del agua. Imaginé los pechos, rotundos y prietos por el frío de la mañana, los pezones arañando el bikini y sus labios apretados.

Se adelantó para explorar el agua. Estaba transparente, tanto que desde mi posición de partisano podía ver los peces nadando sin miedo a la visita. Las uñas rojas se multiplicaban en el fondo, como si fueran alimento fresco.

Y entonces, sucedió.

Se giró.

Ana

Sabía que me estaba mirando.

Notaba su presencia detrás de mí, más real incluso que los pinos y que las rocas donde había dejado la toalla.

—¿Te diviertes? —dije desde el agua.

Le iba a preguntar que qué estaba mirando, pero era un interrogatorio todavía más obvio y opté por hacerme la valiente.

—La verdad es que sí —respondió.

—Grosero.

—¿Por qué?

—No hace falta que te lo explique. Puedes seguir tu camino, hay mucha playa.

—¿Por quién me has tomado? —dijo, palpándose la camisa.

—Por un imbécil mirón.

—Voy a callarme, mejor.

—También puedes seguir caminando...

—Ya, pero me gustan las vistas desde aquí. Hay asiento, es el mejor punto del peñasco y no me apetece quemarme con el sol. Hay buena sombra.

—Buff.

—Me quedo aquí —señaló el suelo—, entre los pinos. Y además, qué cojones... —se corrigió, cambiando el tono de voz—. Si no te importa..., he venido a ver el mar. El mar.

Fue como si me pincharan. Me desinflé.

Nada más decirlo me arrepentí, acababa de mostrarme demasiado vulnerable. Una mujer que se enfada por semejante tontería es una mujer que expone debilidades. No tendría que habérselo dicho y le miré como si pudiera fingir que era más fuerte de lo que aparentaba y no una turista que no quiere que la miren. De hecho, yo también fichaba a los tíos que se despatarraban en la orilla parapetada tras mis gafas de sol.

Sacó un cigarrillo del bolsillo de su camisa y lo encendió ocultando la cara entre las ramas. Me habría gustado que me ofreciera. Era un tipo guapo, alto, y vestía con un bañador azul marino y una camisa desabrochada azul claro, parecía lino porque se movía tanto como las ramas y el calor empezaba a arrugarla por la temperatura de su piel. Más allá del físico, tenía el odioso temple de seguir inalterable en su torre de vigilancia mirando al infinito. Me repelían los hombres insolentes al mismo tiempo que me seducían. Hablo en pasado. Sí, soy contradictoria.

—Disfruta entonces del mar —dije.

—Tú también.

Soltó el humo y yo me lancé al agua. O el mar me tragó.

Abrí los ojos y aguanté la sal escociéndome las pupilas mientras buceaba en ese silencio impenetrable. Les hablé a los peces que se reían de mí y me dejé acariciar por el agua sabiendo que él estaba arriba, sobre su atalaya, mirando mi silueta mientras hacía eses hacia el azul más profundo. Nadé con prisa, para ocultarme en la zona turquesa, esa que desde arriba parece un misterio penetrante y abajo es sólo agua. El fondo fue cambiando de paisaje, dejé la arena ondulada de la orilla para empezar a notar las rocas, las algas cimbreantes y los peces más grandes bajo mi estómago. El mar se ofrecía inmenso, con otra fauna no apta para miedosas, más azul, más oscuro, más negro. Iba pensando en el «lo siento» que debía decir al salir de mi marmita. El pecho me oprimía y no me quedaba oxígeno con el que seguir escondiéndome bajo el agua y buscando excusas. Apreté los labios, cogí impulso, seguí unos metros huyendo todavía más de la orilla en dirección al fondo. Noté en mi nariz las últimas burbujas del último aliento de fuerza. Aguanté más de lo que podía, cerré los ojos y salí despedida a la superficie buscando el aire.

Y a él.

No estaba. En su lugar había un gato sobrealimentado que se lamía las patas mirando el mar. Me tumbé haciendo el muerto para apagar mi agitación y respiré todo el cielo, me lo tragué necesitada de aire. Como si absorbiera el firmamento.

¿Dónde estaba?

¿Qué pensaría ahora de la niñata borde? ¿Seguiría vigilándome desde otro lugar?

En cuatro brazadas llegué a la toalla y el gato se esfumó también. No había nadado tanto.

—Hoy ahuyento a todos, joder.

Me di cuenta de que escondiéndome había creído alejarme kilómetros y, sin embargo, estaba allí mismo. «De qué vale haberme roto los pulmones», me dije. De nada. Maldita mierda. Una vez más mi hermana tenía razón. *Escondiéndote no llegas a ningún sitio.*

Salí deprisa y, mojada, subí al paseo, allí donde le había dicho que se fuera a tomar viento. Me acerqué primero a la zona del pantalán donde los niños se lanzaban haciendo piruetas imposibles y encontré otro gato gordo. Allí la arena estaba tomada por los huéspedes. La misma toalla blanca, la misma actitud. Le pedí a una madre que me dejara pasar para volver al camino de los pinos y, aunque ya respiraba más tranquila, iba acelerada por el puto magnetismo de las expectativas.

Me senté donde él había estado fumando y aspiré el aire, otra vez, más aire, como si pudiera seguirlo como hacen los perros policías con los camellos. No me acababa de creer en lo que me estaba convirtiendo. Salivaba como un pastor alemán sediento de trofeos. Respira. Inspira. También me di cuenta de que desde ahí el mar se veía maravilloso, era una pequeña torrecilla de piedras que formaba un banco circular, roto en parte por la caída de las rocas, que invitaba a sentarse a la sombra. Introduje mis dedos en la ranura que dejaban las piedras como cuando me tocaba excitada y la saqué con el mismo miedo que cuando oía la puerta de la habitación.

—Buenos días —dije a una señora que pasó con su canasto de mimbre.

—*Guten Morgen* —contestó, sin perder de vista el suelo, salpicado de piedras y desniveles que generaban las raíces de los árboles. Eran como serpientes violentas que se retorcían entre el polvo y el cemento y bajaban a la orilla rompiendo el suelo.

En lugar de quedarme o subir al hotel, seguí el camino hacia los chiringuitos. Me pareció que era lo mejor.

¿Lo mejor para qué?, me pregunté.

No sé.

Esperaba que, después de haber buceado tanto rato, algo me hiciera sentir que estaba en la superficie.

Luego me senté en una mesa y llamé a mi madre.

Mario

Entre pitos y flautas había caminado hasta una loma desde donde se veía toda la bahía. Cuántos kilómetros. Eso es lo que necesitas, Mario. Inspira. Inspiración.

Tuve que sentarme en una roca para descansar y apropiarme de la belleza de aquel lugar al que me había escapado a escribir. Era como un fortín, prácticamente estaba lejos de todo. También de mí. Si alquilaba un coche, podía acercarme al puerto de Pollensa, aunque para eso debía volver a sufrir las numerosas curvas que convertían la distancia en paraíso. Eso y ganas. Precisamente lo que me faltaba ahora. ¿Por qué tenía que venirme a un sitio así para buscar la inspiración?

El texto se me había atragantado y las fechas de entrega convertían el sufrimiento interior en una lucha por salvarme a mí. Había perdido los reflejos con la historia: los personajes un día se parecen a tus amigos y a tus parejas, y eso lo hace imposible.

Mi partida de Barcelona fue tan abrupta como lo había sido mi llegada a Madrid. Y yo, consciente o inconscientemente, fui el guionista de mi apresurada salida.

Echaba de menos mi casa.

Una tarde me encontraba enfebrecido de nostalgia y atascado de ideas para el trabajo, cuando sentí que debía volver a moverme.

—Vete a Mallorca.

Me sorbí las lágrimas y saqué el billete. Dos días más tarde estaba en un avión en dirección a Formentor. Las amistades siempre te hacen hueco en temporada baja.

Ahora estaba mirando el mar. Solo. En un banco de madera atiborrado de iniciales.

Desde allí me dominaba el silencio y un pesado olor a hierbas. Igual que se hace con las muestras de colonia, aplasté unas ramas entre las manos para impregnarme las palmas y mezclarlas con el sudor.

Fue allí donde, al calor de la tarde, después del paseo, encontré algo de paz. Lo repetí más veces. Me encaramaba en la barandilla para saborear la brisa antes de ponerme a escribir. Un suave viento silbaba a través de los pinos valientes, así como el sonido de las gaviotas y el olor de la sal.

La roca gigante que presumía de islote virgen en medio de la bahía violentaba el mar, que se rasgaba con ella rompiendo olas con fuerza. Me quedé a escucharlo, admirando la hostilidad de los dos, y... volví al sendero.

Subí hasta el mirador cruzándome con coches que llevaban prisa por encontrar aparcamiento. Los excursionistas salían disparados con sus cámaras, ignorando la belleza primera y buscando la misma mirada que los demás. Se apostaban tras la barandilla, miraban, posaban y fotografiaban. Todos igual. Algunos congelaban la sonrisa durante un rato imposible y se hacían *selfies*, una y otra vez, hasta quedar naturales. Me situé de forma que pudiera verlo todo, verlos y observar sus movimientos. Como me había dicho mi maestra, ver es algo más que mirar. Ver consiste en advertir los detalles.

Nadie se quedaba suspendido en el paisaje, arrobados ante la grandeza. La manera moderna de mirar es ver fragmentos, por eso recortaban el horizonte en trozos del tamaño de la pantalla de cristal.

Yo, en cierto modo, estaba trabajando, aunque no lo pareciera. Se puede llamar trabajo a todo lo que sea aguzar los sentidos.

Aún no estaba seguro de cómo utilizaría la información que recogía de los extraños, sus gestos, sus miradas, sus conversaciones, pero sabía que acabaría usándola. Todo acaba siempre en una novela.

Al llegar a la habitación del hotel, me tumbé en la cama como estaba: vestido; el aire acondicionado estaba altísimo y me abracé a una de las almohadas. No quería dormirme, pero me amodorré durante un largo rato pensando en el mar y en los personajes.

Cuando abrí los ojos, ni había descansado ni había solucionado la historia. Tenía la mano dormida y la rodilla volvía a darme quebraderos de cabeza. Saldría al mar, la sal lo cura todo.

—Sudor, lágrimas y mar.

Lo decía mi madre. Todas las madres.

La caminata me había dejado exhausto, las curvas, ir por la cuneta evitando caerme, los senderos de piedras, la desorientación, el calor húmedo. Me había creído un excursionista y había hecho varios kilómetros con sandalias y sin agua. Las notas no servían para nada. O sí.

Fui directo al baño y estuve bebiendo agua de la ducha durante un largo rato.

Ana

—Mamá, sigo aquí.

—¿Sigues enfadada?

—No, no estoy enfadada contigo. Pero no siempre tienes la razón.

—Hija, no hago nada bien.

—No te digo que no hagas nada bien, eso te lo dices tú. Estoy tranquila, estoy descansando y estoy tomando el sol. Me sentará bien.

—Estás rara... como tu padre.

—¡Lo que faltaba! Ahora resulta que me parezco a mi padre. Pero si no lo soportas, cómo puedes decir que me parezco a él y al mismo tiempo asegurar que me quieres. No te entiendo.

—No hago nada bien, no digo nada bien... Déjalo. Y tú... ¿estás bien? —dijo, tras un silencio al que me sumé—. Lo que quiero es que estés bien, saber de ti.

—¿No hay más? —pregunté.

—No hay más —respondió mi madre.

—Lo mejor que puedas imaginarte. Este lugar está realmente bien, se come bien, la playa está pegada al hotel, tengo unas vistas estupendas, desde mi habitación veo el paisaje... la bahía. Ahora mismo está...

—¿Sabes quién se ha muerto? —me preguntó, interesándose poco por mi descripción.

—No.

—La Merce.

—No sé quién es la Merce, mamá.

—La amiga mía de toda la vida. La que has visto mil veces en las fotos.

—No me acuerdo.

—Me vendrá bien dar un paseo. No me apetece ponerme a ver fotos.

—A mí ya sabes que tampoco me gusta. No te pongas a buscar ahora, que no es necesario. Te entiendo.

—Tenía mi edad...

—Va, mamá. Déjalo. Estaría enferma.

—No, qué va. Estaba bien.

—Bueno, déjame que te describa el paisaje... ¿Sabes quién pasó aquí la luna de miel? —dije, desviando el tema con una noticia que le gustaría—. Rainiero y Grace de Mónaco. Hay fotos por las paredes del hotel, vinieron en barco y se hospedaron aquí. Y Charles Chaplin.

—¿Quién?

—Charlot.

—Y... ¿estás comiendo bien?

—Sí —respondí, volviendo a los temas de una madre y asumiendo mi papel de hija correcta—. Como bien. De hecho, creo que estoy comiendo demasiado.

—¿Sola?

—¿Ya estamos?

—Me preocupo. ¿Está mal que me preocupe?

—No entiendo nada, la verdad. Mamá, cuántas veces has dicho lo bien que estarías sola. Las cosas que habrías hecho, lo que te has perdido, lo que te habría gustado... Mírame. Pues eso que tú deseas... lo hago yo.

—Pero... Bueno, déjame. No sé cómo explicarme. No tiene importancia.

—Ya lo sé. No tiene importancia.

—Cuídate. Voy a dar una vuelta.

—Yo también, bajaré a pasear.

—... y daré el pésame a los hijos de la Merce.

Colgó.

Le envié un mensaje con una foto hecha desde mi habitación para que confirmara que estaba en el sitio adecuado. Alargué el brazo, evité los rayos de sol dorados que cegaban el objetivo y disparé. Click. Es parte de la estrategia de reconciliación, que sepa tu madre qué lugar te rodea. Que te imagine bien. Que se quede tranquila. En fin.

Enviar. Enviado.

No me arrepentía de estar allí sola. De qué me iba a arrepentir, ¿de estar conmigo? ¿De disfrutar de un paraíso sin horarios? Nunca me podría arrepentir de eso. Pero del mismo modo que la muerte de la Merce había puesto a mi madre en alerta sobre la hoja roja de la vida, a mí me había colocado frente al abismo que me recordaba que dormía sola en una habitación de hotel.

Miré a mi alrededor.

Cuánta cama de pronto, cuánta almohada, cuánta percha, cuánto canal de televisión, cuánto mueble de adorno, cuánto jaboncito para dos, toallas para dos, todo para dos... y cuánta soledad en tanto espacio.

Me quedé dormida en el borde, como si el otro lado de la cama estuviera prohibido o habitado por un ser invisible que duerme conmigo. Qué costumbre. «No se puede ser más ridícula», pensé. Te invitan a un hotel, te vienes y duermes como si estuvieras esperando. ¿A quién? Esas sábanas frías blanco impoluto me recibían siempre hechas, estiradas como la piel de un tambor —podría vivir siempre en un hotel— y con la inmensidad de los dos metros para deshacerlas a mi antojo. Sin embargo, yo, la buena hija, la buena amiga, la buena trabajadora, la buena todo se acostaba en su lado, mirando a la ventana y ofreciendo la espalda desnuda al amigo invisible que habita en las camas de las solteras. ¿Por qué? ¿Para que me abracen? ¿Quién? Me giré varias veces hacia esa meseta blanca que, como La Mancha, se ofrecía seca. Parece que duermo esperando a que ese vacío se llene. Como si dejara una plaza de *parking* reservada. ¿A quién?, repito. ¿A quién? Aquí, igual que en casa, la cama amanece ordenada de un lado y enfurecida del otro, el mío. Donde duermo, donde sueño, donde sudo. La otra parte está deshabitada. Y resulta, confieso, grotescamente amargo. El imposible vacío. La vacante en espera. La Siberia del amor. Tanto territorio yermo para acabar durmiendo cada noche en posición fetal en el lado derecho como una cría a la que no abrazan.

Me intenté mover hacia el centro de las sábanas, pero era como si caminara hacia un despeñadero amenazador en el que me tragaría la soledad. No me gustó la mujer que vi. Indefensa. Sola.

Sola.

Encendí la luz y apunté en la libreta del hotel:

No está acostumbrada a ser feliz.

Se boicotea.

Una mujer acostumbrada más a las resacas que a los brindis.

Se boicotea, se boicotea, se boico...

Luego rompí la punta del lápiz estrellándola contra las palabras.

Mario

—¿De cuánto es su cama?

—Uno treinta y cinco, la medí esta mañana.

—Aham, una cama de cuerpo y medio.

Asentí, invadido por las dudas.

—Un segundo, venga conmigo —dijo el dependiente de El Corte Inglés con afectada cortesía. Le seguí entre el laberinto de somieres y colchones, almohadas y cabeceros, haciendo eses, hasta que llegamos a la zona de los cuerpos y medios. Supuse que era la región desconocida del mapa secreto de los hobbits donde no iban los matrimonios felices que empiezan una vida en una casa nueva. Desde luego, estaba peor iluminada. Donde me llevaba el chico anidaban seres que tienen camas de cuerpo y medio como hijos de Mary Shelley.

—Aquí es —anunció al llegar—. Camas de cuerpo y medio.

Creo que es la mejor definición que existe de una relación: cuerpo y medio. Se me puso cara de zoológico. Nunca somos un cuerpo porque nos falta algo y buscándolo únicamente encontramos medio. ¿Y la otra mitad? Ese medio se va perdiendo, desgastando como se consumen las relaciones felices. Qué miedo. Dormir en cuerpo y medio es como tener troceada la vida en un eterno puzle al que le buscas la pieza cada noche.

—Estos son colchones de cuerpo y medio, uno treinta y cinco.

Me miré buscando la parte amorfa de mi físico, ese medio que requería el colchón. Entendí que nos tuvieran al fondo de la planta, porque éramos seres deformes que paseamos como tullidos del amor a la vista de los demás. Inconexos y lisiados. Mutilados por la esperanza y por las fallidas relaciones. Medios cuerpos, medias relaciones y medios sueños.

—Y si... —busqué salvarme del hundimiento emocional ante el dependiente con algún razonamiento que aliviara mi inquietud— comprara un colchón de matrimonio para un somier de «cuerpo y medio», que es el que tengo en casa... ¿Habría problema?

—Bailará y, como no está firme, podría caerse.

—Eso me ha pasado muchas veces.

—¿El qué?

—Bailar y caerme.

—Señor... Quiero decir... No está aconsejado para ese tipo de somieres; pero tenemos una oferta, si quiere puede comprar una base tapizada de uno cincuenta por dos y el colchón de la misma medida. Encaja y no sale caro. Si duermen dos, es mejor. Lo otro puede ser un riesgo para su espalda.

Sonrió. Sonrió con esa caricatura que tienen los que intentan hacerte felices, como los payasos del circo muy maquillados. Una mueca. Ñe.

—No, señor, duermo solo.

—Como usted vea.

—A veces no duermo solo.

—Lo imagino.

—No, no se imagine. No es tan fácil. Es pura supervivencia. Me limito a salir alguna noche, beberme alguna copa y, como usted dice, bailar y caerme en casa acompañado.

—...

No sé a qué venía mi perorata. A quién coño le importaba si yo dormía solo o salía por las noches, caliente, en busca de un final feliz. Paparruchas de timorato que se siente mal por estar soltero frente a un museo de colchones esperando sexo y sueños. Me arrepentí como se arrepienten los niños robando golosinas, después de haberlas comido.

«Cállate», me dijo la voz interior que lo sabe todo. «Cómo eres tan bocas, Mario», me reproché examinando fingidamente los precios del folleto que me había pasado el dependiente.

Me senté en uno de cuerpo y medio, no sé si en la parte del cuerpo o en la del medio, y mastiqué mi intranquilidad. Al rato asentí y le dije que me parecía todo bien, que estaba de acuerdo con todo eso que decía del cambio del viejo por el nuevo, lo del seguro y la tarjeta de regalo. A todo que sí.

—Disfrute de su cama nueva. Se la enviaremos en dos días. De esta semana, seguro, no pasa.

Lo que no dije es que había ido a cambiar el colchón porque últimamente dormía en una huella molesta de otro inquilino gordo y patilargo. Y que esa huella me estaba tragando como arenas movedizas.

Ana

Cuando se fue Elena, volví a repasar sus mensajes de móvil. Lo hice descalza porque estaba inquieta, y con la canción de Bowie en un bucle histérico. Hacía mucho que no tonteaba con un tío y todo era tan ridículo como la primera vez: la misma inseguridad, las mismas preguntas y los mismos reproches. A lo mejor andaba engañada, y precisamente tardaba en contestarle por mi parálisis emocional y no por los nervios que me atacaban desde la raíz. Lo que en un tiempo fue vacilación y agitación, ahora era desasosiego e impaciencia frente a un teléfono móvil. Pero el sabor se me hacía parecido.

Cerré los ojos cuando me tumbé en el sofá y escuché la canción con atención:

There's a starman waiting in the sky,
he'd like to come and meet us.
But he thinks he'd blow our minds.

Releí sus palabras como si fuera su voz la que acompañaba a las letras y no contesté a algunos que me pedían medidas y exigían abiertamente fotos en bolas. Qué coño le pasaba a la gente. Los borraba, bloqueaba y seguía escuchando una letra que apenas entendía.

Lo que el cuerpo me pedía, naturalmente, era enviar algún mensaje y entablar una conversación. Pero como en el amor y en la guerra montamos estrategias ilógicas, decidí hacer lo de siempre: esperar a que el primer batallón apareciera por el frente.

Vamos, reprimir un mensaje.

Todo para hacerle ver que no estaba desesperada por recibir un «hola», sino presentarme ante él como una mujer ocupada y profesional ajena a extravagancias y falsas expectativas. Eso me ponía en mi lugar, y si no daba resultado, es que no era para mí.

Reprime. Paciencia. Zen.

Mantra irracional pero consecuente para una tarde de sofá y espera.

La red estaba llena de fotos escotadas, morritos y melenas al viento con el sol de un atardecer forzado por los filtros. La niñata que habita en mí las criticó a todas por exhibicionismo barato y venta exagerada de material en escaparate fácil. Me parecía el *prêt-à-porter* del amor, había poca alta costura y mucho catálogo de idénticos precios y manufactura. Demasiada oferta.

Joder, Elena —tecleé para calmar mi inquietud—. ¿Tú has visto la cantidad de tías que estamos buscando novio?

¿Buscas novio? —respondió instantáneamente.

No.

Quiero decir que somos muchas y hay una competencia brutal. Yo creo que es corrupción. Al menos, tráfico de influencias y falsedad documental.

Qué dices.

Te lo conté antes. Redes de ligoteo.

No pienso meterme en una. Prefiero la calle.

Con este calor no pienso salir.

Ya.

Tienen todas menos años que yo y más tetas que yo.

¿Cuántas?

Dos. Cuántas van a tener.

Jajajaja. Digo que cuántas has visto.

Creo que toda la comarca está en internet.

Tú verás.

Oye, no eres mi madre, eres mi amiga.

Ya sabes qué hacer.

Sí.

¿Sigues hablando con el de la canción?

No nos hemos dicho nada.

¿Está conectado?

Sí.

Pues entonces verá la mercancía.

Starman estaba conectado.

Así que me tragué el orgullo y, asumiendo la oferta y la demanda que brindaba un bazar de las especias en mi Estambul digital, envié un mensaje en tono amable para diferenciarme de todas esas carrocerías que recorrían la pantalla como Ferraris:

No ha dejado de sonar tu canción.
ENVIAR.

Lo escribí espoleada por las mayoristas de carne que tendían escotes en la fachada como nietas napolitanas de Garibaldi. Lo hice al terminar de hablar con Elena, sin dudar de lo que debía escribir. Había muchas opciones que barajé en microsegundos, pero si él había escrito la letra de Bowie, yo debía rendirme a su buen gusto. Quise que fuera algo que me dejara bien frente a tanta mugre recién pintada. *No ha dejado de sonar tu canción.* Y respondió:

¿La ponemos a la vez?
Le doy al *play*.

Me puse varias veces nerviosa.

Mario

Me quedé mirando las estrellas de mi habitación. Era la sucursal de aquel cielo que una vez vimos juntos.

Ana

Cada vez que hablaba con mi madre se me quedaba mal cuerpo. Yo quería llamarla, pero al mismo tiempo me hacía sentir mal por no estar con ella. No había más que quejas hacia mí y elogios para mi hermano. «Él sí que viene, tú como estás más ocupada». Esa era la frase. Y me tenía que callar porque si contestaba empezábamos a nadar en esa marejada de olas y reproches en la que siempre nos ahogábamos las dos: madre e hija. Ella porque colgaba con sus mejores intenciones y yo porque me quedaba paralizada al otro lado, disecada por la mala hostia y el dolor.

No sé describir esa sensación: berrinche, dirían. Suicidio, añadiría yo.

Porque con las mejores intenciones y los *te echo de menos, me gustaría verte más* y *debes estar muy cambiada* me apuñalaba poquito a poco, con esa forma de cocinar lenta y cuidada tan de ella, lastimando mi autoestima y después, por ende, mi precaria libertad.

Quería disfrutar de ella, pero con ella era imposible. Mi hermano era un cachazas que hacía trabajos de mierda y prefería seguir viviendo en casa para gastárselo todo en él. Ella lo disfrazaba de amor, cuando no he conocido a nadie más individualista, apático y haragán. Yo, en cambio, me había buscado las castañas muy pronto con tal de generar mis propias vivencias. Ganaba menos, me tocaba dejar la mitad en un alquiler, pero me obligaba a ahorrar y a superarme en un trabajo que me gustaba.

Mario

Me subí a la cama y pegué con saliva una de las estrellas que se estaba cayendo.

Ana

La crema hidratante no calmó el picor de hombros que tenía por culpa del sol. Estaba quemada. También por dentro. Los dolores externos no disimulan los internos, ni los mitiga ninguna crema.

Me planteé ir desnuda a cenar.

O cortar todas las camisetas.

Al final, de tanto probarme todo el guardarropa que había traído para descansar en el hotel, me olvidé de los problemas de la llamada de mamá. No podía rebotarme conmigo misma, era mi única compañía y disgustarme sola significaba perder. Tampoco podía considerarme maltratada por mi madre porque tampoco era cierto, la mujer estaba preocupada por si pasar unos días sola escondía otra razón.

—Vivo sola, mamá; no entiendo a qué viene esto.

—Ya, pero no es lo mismo. Eso es un hotel. Lo otro es tu casa. Qué van a pensar.

—Pues que soy una rica heredera.

—O una...

—Qué, mamá.

—Nada.

Mi madre pensaba decir una loca. La conozco. Visto lo visto, que no era nada, tampoco estaba mal pasar por una chiflada que disfruta en soledad de un hotel de cinco estrellas.

Las alocadas siempre me han parecido inteligentes e interesantes en las películas. Son mis personajes favoritos. Podía hacerme pasar por una de ellas y aparecer en el bufé en bragas, para, además, evitarme el escozor de las quemaduras que me estaban matando.

Barajaba dos mujeres como alternativa en ese momento: Paulina Bonaparte, con la sábana por las caderas y los pechos al aire, o la Ofelia de Millais, y olvidar la cena y pasarme todo el rato en el agua de la bañera refrescándome la piel. Podían dejarme plantada en la puerta del restaurante o sentarme como una atracción en la entrada para que los huéspedes hablaran de arte.

Cuando viajas sola, siempre te queda la opción de llamar la atención. Sin embargo, opté por un vestido de tirantes que me venía grande y apenas pesaba.

Fue como ir desnuda a cenar.

Habría caminado unos treinta pasos por el pasillo paralelo al mar cuando alguien me llamó, y lo hizo con un *hola*, que ni es mi nombre ni me obligaba a girarme, pero sabía que se dirigían a mí.

—Me llamo Ana —dije, seca, con arrepentimiento posterior.

—Hola, soy Mario. El de antes.

—Hombre —exclamé al verle.

Vestía con una camiseta azul y unos pantalones blancos que podían ser de su hermano menor. Los hombros estallaban en las mangas y dejaba ver dos o tres tatuajes en el brazo izquierdo; uno me pareció un pájaro o una de esas letras historiadas, los otros tuve que descubrirlos en la cena.

Antes de echar a andar por el pasillo de los cuadros de marinas, me repitió que se llamaba Mario Bellver abanicándose con un sombrero que llevaba en la mano. «Y yo Ana —dije—, Ana Monteleón». «Ana», repitió. Y entonces me pidió disculpas por la escena del acantilado. Me sentí un poco extraña porque me hablaba tranquilo, como si lo hubiera hecho más veces. O como si hubiera preparado las palabras independientemente de mí.

—... El de la playa, el que miraba el mar —aclaró.

—Sí, el de antes. Ya.

—Disculpa si te hice sentir mal.

—¿Por qué me iba a sentar mal si estabas mirando el mar?

Bajó los ojos, risueño. Luego volvió a mirarme y dijo:

—No miraba el mar —admitió.

—Ya lo sabía. Y qué mirabas.

—Los barcos.

Meneé la cabeza. No me convenció su ironía.

—¿Es necesario jugar así? —le reproché, jugueteando con la cinta de mi vestido.

—Me gustan los barcos, me gustaría haber venido en uno de los que han fondeado en la playa. ¿Has visto el de tres palos? Precioso, estuve haciendo fotografías.

—¿A los barcos solamente? —pregunté, cayendo en su truco.

—A los barcos, al puerto, al pantalán, a los pinos, al acantilado, al islote... Hice fotos. Muchas. Pero si lo que preguntas..., o insinúas, es si te he hecho fotos, la respuesta es no.

—He conocido a muchos hombres tramposos. No me van.

—¿Te parezco tramposo?

—Mirón.

—Desde luego. ¿Tú no?

—Esa pregunta tiene truco, todos miramos.

—¿Lo ves?

—Vale, mensaje recibido.

—Por algo se empieza —dijo.

Señaló el restaurante. Habíamos ido caminando por el pasillo hasta llegar al *hall* que se abría a la balconada donde había desayunado esa mañana. Tenía el pelo mojado hacia atrás, recién salido de la ducha, supuse. Llevaba el sombrero como juego de manos y algunas pulseras *hippies* de mercadillo bastante gastadas por el sol y la sal. Me pareció que tenía los ojos claros, las luces del pasillo y mi timidez para mirarle a la cara me impedían verlo con claridad. Me recordaba al novio de un amigo, por su forma física, sus gestos y la manera de andar grácil típica de los modelos. A lo mejor es gay, pensé. De serlo me sentiría más cómoda. Pero no, evidentemente no.

El tatuaje que descubría la camiseta era antiguo, la tinta se había difuminado como en los marinos de las películas. Pero yo desvié la vista de su cuerpo, no quería que pensara que estaba inspeccionándole como antes había hecho él conmigo. Tampoco quería dar una impresión errónea, nunca me han tentado los hombres tatuados como los viejos holandeses de la Costa Blanca. Me pareció que se decepcionó al verme, tal vez me esperaba más simpática, ¿quizá abrigaba la esperanza de que fuera una turista fácil perdida en un hotel? No lo sé, no suelo dar nunca buena impresión por mi velocidad verbal y mis frases cortantes. Tal vez lo notó.

—Deja que me ponga serio. Me llamo Mario, soy guionista y he venido a trabajar al hotel. No ando persiguiendo a nadie. Estoy de curro, con mi ordenador y mi maleta. Insistieron en que viniera aquí. Me lo recomendaron para desatascar un texto. Creo que también estás sola.

—¿Cómo lo sabes?

—Por cómo te defiendes.

—No me estoy defendiendo.

—Vale, no te estás defendiendo. Por cómo te proteges, quiero decir.

—Juegas con las palabras.

—Te lo he dicho, soy guionista. Escribo.

Se notaba que tenía recursos y facilidad con las personas ásperas como yo. No se irritaba cuando yo ya le habría mandado a la mierda si me hubiera tropezado con una como yo con tantos miedos y tan arisca con los desconocidos. Era de esos tipos que saben qué hacer con la vida, que disimulan sus miedos y proyectan energía. Parecía de esos que lo ven todo normal, natural. Hablaba con calma y me explicaba que había venido a aislarse y reflexionar sobre su trabajo. Yo intuí que sobre su vida, pero no dije nada. Era mejor que hablara él. Yo asentía mientras caminábamos con cierta distancia, aunque notaba el aire de su sombrero cuando se abanicaba. Por eso, intenté parecer una mujer normal.

—¿Guionista de cine? —dije, sonriendo, pero seria. De algún modo, me interesaba.

—A veces. También teatro. Fundamentalmente libros. Muchos libros. Ahora me han pasado una novela para que la llene de diálogos, es un tocho que no hay cristo que lo digiera y debo refrescarla. Esa ha sido la orden desde la editorial: darle vida.

Debía referirse a esos famosos que escriben novelas ayudados por otros y ese otro era él. No creo que me dijera nombres, ni insinuaciones siquiera. Cuando hablaba de trabajo, cambiaba el tono y se mordía el labio.

—Entonces estás ensayando conmigo —pregunté, burlona.

—No te contestaría la verdad en el caso de que estuvieras en lo cierto —respondió, adivinando mis intenciones.

—¿Quieres decir que puede ser?

—Si sueltas alguna frase que me gusta mucho, no te quepa duda de que me la quedaré para la novela. Disimularé, me levantaré y escribiré en mi libreta... Lo que digas tú lo dirá Amalia.

—¿Quién es Amalia?

Lo pregunté como si fuera su novia y se me notó.

—Tranquila, es la protagonista. Te dije que venía solo.

—Yo también.

—Entonces —dijo como si estuviera pactando una entente *cordiale*—, ¿te apetece que cenemos juntos? No llevo libreta, no he cogido el móvil, no voy a apuntar nada y prometo que no memorizaré nada de lo que digas.

—Ya sé a qué atenerme.

—¿Parezco peligroso?

—¡Por supuesto! —salté sarcástica.

Abrió los ojos exageradamente y comprobé que eran verdes como el agua en la que me había bañado esa mañana. Me recorrió un escalofrío y temí que el vestido que había elegido no fuera lo suficientemente tupido para protegerme de otras reacciones físicas a las que ya no estaba acostumbrada. La naturaleza es despiadada y me subí un tirante como un gesto mecánico para cubrirme de la desnudez que sentí en ese momento. Noté los pezones duros como cuando me salieron las tetas en el colegio y tragué saliva acelerando el paso hacia el restaurante.

—Voy a acercarme a ver si está la mesa que me gusta. Conozco a la encargada de los camareros —dije como excusa para huir unos metros.

Mario

Me quedé mirando cómo se iba precipitadamente hacia las mesas del restaurante principal del hotel Formentor. El vestido blanco se movía haciendo eses, curvas pegadas a sus piernas que me recordaron a la Victoria alada de Samotracia echando a volar, aunque —la culpa es del guion que estaba escribiendo— vi a una novia que se escapaba anticipadamente.

Me hizo gestos desde la barandilla y pasé al restaurante.

—Se está bien aquí —dijo, apenas nos hubimos sentado.

—¿Es la primera vez que vienes? —pregunté.

—¿A cenar?

—Al hotel.

—Perdona... Sí, he venido más veces. Es verdaderamente precioso.

—Un poco antiguo, ¿no?

—Eso me gusta, se nota que tiene historia. No se parece a esos en los que te acuestas y no sabes dónde te levantas, llenos de interruptores, neveras imposibles y baños estrechos.

—Tienes razón —mentí.

A mí me gustaba la sencillez de los hoteles clonados en los que sé dónde está todo. Acaban pareciendo mi casa.

En este me sentía alguien que no era. Todos los huéspedes parecíamos familiares del Gran Gatsby.

—Mira —dijo ella—. Esa es la señora Boehling, Margit Boehling. Viene cuatro meses al año y siempre se sienta en la misma mesa. Horarios fijos. Mismo camarero. Metódica. Ordenada. Nórdica. Debe de tener unos noventa años...

—Qué personaje.

—El guionista eres tú. Sácale partido y ponlo en el libro.

—Creo que no puedo, la novela está ambientada en Londres.

—Uff, qué bien, cuánta lluvia —exclamó con ironía.

—El autor no soy yo.

—Eres el negro, ¿no?

—Bueno, es una forma de hablar, soy el que la edita, mejora, redondea... No sé cómo decirlo. Prefiero hablar de escritor fantasma.

—Pero eso es un engaño.

—Muchos pintores sólo se encargaban de las caras y las manos, dejaban el resto del cuadro a su equipo. Y han pasado a la historia. Nosotros somos albañiles de la obra del arquitecto. ¿Suena mejor?

—Sigue siendo un engaño —dijo ella.

—Puede que tengas razón... ¿Es que eres policía editorial y quieres sacarme información?

Lo de sacarme información era un decir. La chica se echó a reír y se recompuso en la silla. Se comportaba como una mujer segura, que sabe quién es y dónde quiere ir.

—Ni se te ocurra decirme nada, se lo contaría a todas mis amigas.

—O sea, no eres policía.

—¿Lo parezco?

—Jefa inspectora de la brigada de plagios y arreglos florales.

Me miró con un fingido desprecio infinito, le gustaba el cargo que le había asignado.

La visualicé como en las películas de Bond, con uniforme, marcando figura con un cinturón y el pelo recogido con una gorra. Tenía la elegancia glacial de una *marine* norteamericana. Esa habría sido mi frase para describirla en el texto. Glacial y vehemente. Aunque prefería su uniforme de hoy, vestido blanco y el pelo retirado detrás de las orejas.

De repente, todo lo que pensaba me pareció ridículo.

Cada centímetro cuadrado de la mesa estaba ocupado por nuestros nervios, los cuales estaban presentes en nuestras manos. Yo no era para nada así. Siempre he sido un tipo bastante tímido.

Pero Ana me seguía estudiando desde su sitio, dudando de si alguna broma era verdad y pensando qué estaba a punto de suceder. No dejaba de mirarme el tatuaje y jugueteaba con el móvil que había colocado junto al pan. Yo dejé la llave bajo el sombrero, en la silla vacía.

Miré al horizonte.

La temperatura era suave y el cielo se había puesto rojo tal y como me habían prometido en recepción a la llegada al hotel. En ese momento en el que te detallan las particularidades del entorno, las comodidades y los servicios a los que tienes acceso. Tenían razón.

La sierra había quedado oscurecida y el cielo se recortaba en colores naranjas, violetas, rosas y rojos.

Ana señaló el cielo contagiada por la escena.

—Espectacular —respondí, mirándola.

Nos quedamos en silencio hasta que llegó el camarero con el vino, rosado y frío, en competencia con la vista.

Por fin apartó el móvil.

—Y bien, yo te he dicho que soy guionista y que disfrazo textos de otros. ¿A qué te dedicas tú? ¿Qué haces aquí?

—Me tocó en un sorteo.

—¿Qué dices?

—Como suena. Rellené el cupón de una revista y aquí me tienes.

Mentía.

—Una mujer afortunada —respondí.

—Supongo. Debería sentirme así. Es un lujo que te inviten.

—Y... ¿era sólo para una persona?

Ana se rio.

—Esa pregunta también tiene truco, no eres muy buen guionista. Espero que la novela sea mejor.

Rompí a reír de vergüenza.

—No, la verdad. No es muy buena pregunta. Borro y vuelvo a la frase anterior.

—¡Estás guionizando la cena!

—A ver, es que en pantalón corto, camiseta y con el ordenador enfrente es mucho más fácil ponerles frases a los personajes. Aquí corre todo en mi contra.

—¿Te intimido? —preguntó, adelantando los hombros y marcando clavícula.

—Qué va.

—Vaya, qué sobrado.

—O sea, que la chica quiere intimidarme...

—No, no, no —dijo, ya titubeando.

Había vuelto a coger las riendas del guion en última estancia. Me estaba poniendo nervioso el tirante que se le escurría por el hombro y que una y otra vez volvía a poner en su sitio.

—No me entiendas mal —arrancó Ana—. Quiero decir que si estás cogiendo alguna de nuestras frases para tu Amanda...

—Amalia, se llama Amalia.

—Bonito nombre. ¿Se lo pusiste por alguien en concreto?

—Por mi ex. Pero estaba preguntando yo. ¿Cómo es que te toca un viaje de regalo y vienes sola?

—¿Te digo la verdad?

—No puedo evitar la curiosidad.

—Pues mira, no sabía a quién traer. Hace un mes habría venido acompañada. Ahora no.

—Y... ¿una amiga?

—No me apetecía. Supongo que con eso lo digo todo.

—Elipsis, diría el guionista.

—¿Y qué dirías tú?

—Que te entiendo perfectamente. Perfectamente.

Era muy agradable dejarme llevar. Paseaba por las palabras de una cena inesperada y entré en los recuerdos cercanos con su apreciación. Acepté el hotel para escribir el final de la novela porque había que coger un avión y esconderse al norte de la isla de Mallorca. No quería estar cerca de nadie. Sobre todo, eso. Quería la calma de un lugar que no pareciera turístico, que ofrecía el mar con delicadeza y que permitía pasear por un montón de lugares para esconderse de los recuerdos. Al menos, evitarlos.

—¿Desean más vino? —preguntó el camarero.

Tendría unos veinte años, cerrado acento mallorquín. Echó una ojeada al escote de mi compañera de mesa, que sólo noté yo, y luego sirvió las dos copas.

—No la llene tanto, por favor —dijo Ana.

—De acuerdo, señora.

Me vino a la mente la última cena que tuve con Amalia. Durante años llegué a obcecarme con aquella chica que parecía una actriz, tardó tiempo en aceptar salir y, cuando lo hizo, se convirtió en una mortal. Me lancé tras el mito de la belleza y me estampé contra la realidad. Pero incluso con el error y ese fracaso evidente habría repetido mi naufragio. Amalia era de esas guapas que todos saben que lo es, incluso ella. Sus experimentos para ser una mujer normal no funcionaban, era más que un ser humano. No perdía la sonrisa, ni los modales, ni modificaba los gestos naturales de niña bien. Otras lo llamaban fachada, yo lo llamaba, sin exagerar, belleza. ¿Cómo conseguí enamorarla? No lo sé. El caso es que fuimos pareja, pero cuando llegamos a la cama yo ya estaba cansado. Tras el larguísimo ritual de cortejo, me aburrí. Me puse a visualizar el amor que existía y era sólo el mío. En esa balanza, amaba yo. Ella, Amalia, se dejaba querer. De hecho, esa arrogancia pesó mucho en mi cabeza a la hora de dejarla. Eso y su capacidad para llamar la atención en una cena estando simplemente callada. «¿No vas a hablar?», le dije en una ocasión. «Prefiero escucharos», me contestó. Reservé las fuerzas para la ruptura, porque tuve que batallar con todos los que decían que sólo era una mujer guapa, como si no fuera suficiente. Amalia, a todo esto, era feliz. Supongo que era feliz. Yo dejé de serlo cuando rompí con ella.

—¿Así está bien? —preguntó el camarero.

—Así está bien. Gracias.

Me volví, buscándola con la mirada.

En aquel momento el cielo ya estaba azul oscuro, casi noche, los rojos habían apagado su fuerza y las estrellas empezaban a coger sitio en el escenario. Eso explica que la pregunta siguiente fuera distinta.

—Te diría que me hablases de ti —le pedí, al cabo de un silencio.

—No sé qué contarte. Además, tampoco me has contado tú.

—En eso estoy de acuerdo.

Le conté que de pequeño tenía un amigo con el que subíamos en bicicleta por unos acantilados parecidos a estos en un pueblo llamado Calabella, donde veraneaba, que me rompí la barbilla y que llevaba una cicatriz escondida entre la barba. Le dije que me gustaba el chocolate puro y que llevaba lentillas. «Yo con leche, muy dulce», me cortó.

Tras la consabida presentación de fechas, horóscopo y lugar de nacimiento, visualicé toda mi carrera y la solté de memoria, haciendo parada sólo en los detalles que podrían tener interés. Era suficiente para una presentación. Luego tiré por el camino de los gustos, las películas y las ciudades que había visitado.

Cuanto más hablaba, más me convencía yo de que había acertado. También pensé que si se mostraba tan cordial era porque estaba a gusto. Le pregunté por su capital favorita. «Nueva York», dijo sin pensarlo.

—Desde hace años y años. La conocí con mis padres. Me convencieron para que les acompañara en uno de sus aniversarios. A mí no me apetecía.

—Qué raro.

—Tenía campamento de verano y prefería irme con mis amigas. Además, era una adolescente arrogante. Hablaba siempre de las culturas griega y romana.

—Lo normal. ¿Conoces a algún adolescente que no lo sea?

—No entiendo cómo me convencieron. Debí de ir con mi *walkman* todo el rato hasta que me rendí.

—¿Cabezota?

—Mucho. Y más entonces. Pero... ¿te interesa lo que cuento?

—Sí, claro.

Me pilló desprevenido. Y en ese momento pensé que había algo especial.

—La señora Liberty tuvo la culpa —explicó, muy solemne.

—¿La estatua?

—Ella. Te lo juro. Llevaría ya dos días andando por sus calles, comiendo hamburguesas y yendo a museos. Cuando subí al ferri, se me cayeron los auriculares al Hudson. Me dio igual. Y que te dé igual siendo adolescente... Yo estaba ya con la boca abierta y aquella mujer tan grande levantando el brazo con la llama diciéndome: «Querida, ya estás en Nueva York». Me rendí. Luego cruzamos el puente de Brooklyn y... ¿Has ido?

—Varias veces. Por trabajo.

—Bah. Yo necesito ir una vez al año. Aunque no lo haga.

—La amas o la odias.

—... Pero la gente que la odia es tonta.

—Mujer... No es mi favorita, pero...

—No me has entendido. Me refiero a las pasiones que despierta una ciudad. Nueva York está viva, es pura víscera, cambiante, rotunda... Qué sentido tiene odiar a las ciudades.

Estuvimos así un largo rato, compartiendo canciones y títulos que nos habían cautivado. Lo segundo que más me gustó de ella es que quería tener una granja en África, como la peli para poder decir la frase, luego la vendería. Llegaría, haría la secuencia y se volvería a Barcelona, que en casa estaba bien. Lo primero fue ella. Hablaba de su vida, sin detalles, a una velocidad mínima, como de crucero. Lo que había hecho de niña, el hermano perezoso que vivía con sus padres y los papeles y facturas que se acumulaban en su entrada. «Casi todas las mujeres hemos tenido una infancia similar, al menos las de mi edad», dijo. Deduje que no quería contar mucho y que esa era una excusa para no hacerlo. Se metió en un grupo musical a los diecisiete y confesó que jamás volvería a cantar, ni en un karaoke. Fueron unos minutos de tender puentes y de conversación fluida que no buscaba nada más que hablar mientras cenábamos. Al poco, la noche fue noche completa.

—El problema —comentó— es que pensamos demasiado tiempo en lo que pasó y en lo que pasará, cuando lo importante es lo que está pasando.

Me miró tan sosegada que sentí frío. Esa necesidad inequívoca de abrigo, de cama, de abrazo. «Perdona», me disculpé al rozarle el hombro. No pude evitar ser yo quien le subiera el tirante esta vez.

—Me viene grande —dijo excusándose—. He tomado tanto el sol que me quema la piel, me picaban los hombros y no sabía qué ponerme. Tengo la manía de olvidar la crema, de no ponerme protección y de creerme que no me voy a quemar por estar en el agua. Y ya ves. El sol quema. Una obviedad de esas revistas que regalan viajes y avisan de los rayos ultravioletas. De pequeña no me quemaba, de pequeña podía estar todo el día en la playa y acabar rendida en mi cama con los ojos rojos de bucear y la espalda morena del sol. Mi madre... Perdona, estoy hablando mucho. Qué tonterías digo.

Negué con la cabeza.

—Te escuchaba.

O sea, que me estaba gustando. Ella hablaba y soltaba alguna risa de vez en cuando. Lo más preocupante es que sólo me miró dos veces en toda la cena y las dos veces apartó la vista nerviosa. Coincidieron las miradas.

—Hacía mucho tiempo que no tomaba el sol.

Levantó las palmas con resignación.

—Será por eso. El sol te la tenía guardada...

Creo que en ese momento volvió a mirarme y creo que yo también la estaba mirando.

Cuando apuró la copa de vino, observé sus pezones transparentándose en el vestido blanco. Sentí, patético, cómo mi ropa también ejercía presión involuntariamente entre mis piernas. Agité las manos y las puse sobre mis muslos para tranquilizarme. Me sentí raro, trasteé con la copa y dije:

—Todavía no hemos brindado.

—¿Un brindis? ¿Ahora?

—Sí. El guion lo marca.

Ana

—Por el firmamento que nos ha puesto aquí abajo —brindó Mario.

Lo dijo con una naturalidad que me desarmó. Confieso que jamás había brindado por el firmamento, no supe si tenía un aspecto religioso o bucólico pastoril. O todo junto; en cualquier caso, me gustaba. Al principio me pareció una frase de sus guiones, pero lo descarté enseguida porque él mismo se echó a reír al decirlo.

—¿De qué te ríes? —le pregunté.

—Del brindis.

—Vale, confieso que también me ha resultado desconcertante, incluso algo cursi. Pero luego...

—¿Cuándo es luego?

—Ahora.

Mario se rio.

—No me cortes. Juegas con ventaja, guionista. Pensé que eras de alguna secta de la Cienciología o el típico loco de la astrología que se guía por estas cosas del cielo. No me fío de estas cosas ni con Tom Cruise como abanderado. Me da grima.

—A mí también.

—¿Tom?

—Sí, Tom. Me da hasta miedo.

—Coincidimos. La gente perfecta es la que más miedo da.

—Tranquila, no soy perfecto.

—Mejor.

—Sólo era un brindis...

—Es la primera vez que brindo por algo así. Y como lo has dicho con tanta naturalidad...

—Me ayudó ver una estrella fugaz que se colaba en tu cabeza cuando levantaste la copa. Por eso lo dije.

—¿De verdad? —me sorprendí, girándome.

—No. Pero habría estado bien.

Sonreí como una gilipollas mientras me atusaba el pelo intentando sacarme la estrella de encima como si fuera una polilla.

Mario se revolvía de risa. Yo fingía que espantaba el bicho estelar a manotazos.

—Ya.

—¿Ya?

—Has tenido una buena idea. Imagina que se te queda la estrella fugaz enredada y tenemos que ir al médico.

—O lo que es peor, al peluquero.

Nos echamos a reír los dos.

—Te avisaré si se vuelve a colar una en tu cabeza.

—Vale.

En ese momento, sólo con mirarme, habría adivinado que yo me sentía feliz de estar con un hombre como él. Hacía tanto tiempo que no me reía que lo hice con estornudos y tos, como si llevara la risa atascada desde hacía una eternidad en algún lugar desconocido del pecho. Consideraba que la risa era ridícula, que reírse era de payasos, de personas estúpidas y simples, que les pusieran bozal; pero en ese momento borré todo mi currículum. Si algún amigo me volvía a asegurar que la seriedad era más elegante que una carcajada, lo apuñalaba. En la adolescencia fui camino de ser una *femme fatale,* esa que me habría gustado ser. Las revistas adolescentes hicieron mucho daño en la construcción de lo que una quiere ser, el cine lo acentuó y la literatura lo certificó. La niña arrogante pasó a imitar a la Cécile de *Bonjour, tristesse*, como poseída por Françoise Sagan.

La cuestión es que, en el recorrido divo, me quedé en una estúpida seca que anda a trompicones, entre circunspecta y solemne en los momentos más inoportunos. La típica que va fingiendo un personaje y luego es incapaz de salir de él. Atrapada como un preso que tiene la llave de su propia celda.

«Adiós, Blancanieves», pensé mirándole. Lo correcto será hacer lo que quiera hacer, ni prudente ni hostias.

—La noche está perfecta —afirmó, volviendo la vista al cielo—. Parece que llevemos toda la vida aquí. ¿No te parece?

Tenía razón. El olor a tierra y flores recién regadas se mezclaba con la humedad del Mediterráneo. Al fin y al cabo, el mar era el protagonista de aquel lugar, una lengua de playa, salvaje y amable, que se ofrecía como contraste a las rocas y los pinos.

Desde la mesa, se escuchaba el choque suave de las olas y un punto luminoso, tal vez la vela de un barco en la noche, hacía de estrella a la altura de nuestros ojos.

—¿Puedo confesarte algo?

—Si quieres....

—No te enfades. Pero me pareciste una borde en la playa.

—Si me dices eso, tendré derecho a enfadarme, ¿no?

—Sí, pero poquito. Porque estuviste borde.

—Lo estuve. Soy una tía que se estaba bañando y encuentra a un tío que está de pie como un militar observándola...

—Miraba el mar.

—Dijiste que los barcos.

—Vaya.

—Dicen que los hombres que no recuerdan sus mentiras no son de fiar.

—Y eso quién lo dice. ¿Las revistas que regalan viajes?

—Seguramente.

—¿Y tú qué opinas de que estuviera mirando?

—Que no tienes vergüenza —dije con la boca pequeña.

De repente sentí como si una estrella se colara de verdad tras mi cabeza. Otra vez la bromita. *Pensé que podría cogerla con la mano y guardarla en el bolso para otra ocasión*. Pero me distraje en sus ojos mientras hablaba de su trabajo. Pensé que podría apurar la copa de vino y contarle que era soltera, que llevaba tiempo sin follar, que me llevara urgentemente a su habitación y me desnudara precipitadamente en la puerta, que dejara las correcciones y se apretara contra mi espalda para follarme en el pasillo. Que me dijera obscenidades al oído y que recuperara la compostura sólo al abrazarme en la cama. Quería dormir apretada, porque eso era lo único que podía salvarme en aquel momento.

Otra vez la *femme fatale* y la sensata peleando bajo mi ombligo.

Mario me miraba en *off*, como si hablara sin sonido, me parece que contaba algo de trabajo, de sus guiones, pero yo me puse la mano en el pecho para parar los pensamientos que daban brincos en mi cabeza como embestidas de su sexo.

Me quedé callada unos segundos, mirándole, repentinamente tímida y sin saber qué decir. El mero hecho de tragar saliva parecía una evidencia de que podía leerme los pensamientos. Como si fantasear con echar un polvo con un desconocido fuera algo anormal. Joder, pensé.

—... En serio, la verdad es que este guion me está costando. Que la novela que me ha pasado la editorial es una mierda y que los truños hay que ventilarlos. Airearlos. Estoy seguro de que al final hasta quedará bien.

—Pero si dices que no te gusta, ¿cómo puedes arreglarla? —acerté a decir.

—La llevo a mi terreno. Juego con los personajes y les pongo voz. Recurro a episodios que me han pasado, historias que he visto o escenitas de esas de enamorados que tienen lugar en una cena.

—No uses mis palabras, moriría de vergüenza si me veo en una novela y descubro alguna frase mía —reproché de manera transparente.

—No sucederá. A no ser que digas algo que me obligue a irme corriendo a la habitación y ponerme a escribir.

—¿Harías eso?

—¿Ahora? —dudó—. ¿No prefieres que antes tomemos el postre?

Volví a sonreír. Me había olvidado de la llamada de mi madre, de mis quemaduras y de mi vestido. Pero no de él.

—No tomo notas —dijo, mirando mi móvil.

—Lo tengo por si acaso —me expliqué.

—¿Esperas alguna llamada?

—Siempre esperamos algo. Aunque sean llamadas.

—Esa frase me la quedo para la novela.

—Dijiste que... —Me observó comprensivo. Me sentí cómplice—. La verdad es que me gustaría ver una frase mía y reconocerla.

—Déjame tu móvil y la apunto.

Y entonces, sucedió. Mientras le desbloqueaba mi teléfono para que pudiera apuntar algo en la aplicación Notas, desplegué todas mis ineptitudes juntas. Todo eso que no puedes prever y, por torpeza, ocurre. «Toma», dije dándole el móvil. En ese momento se abrió la carpeta de fotos y una en particular se desplegó.

—¡¿Cómo?! —soltó Mario, mirando fijamente la pantalla.

—¿Qué pasa? Dame.

—Ahora resulta que la que me perseguía eras tú. Explícame.

—La madre que me parió —murmuré. Joder. La foto que había enviado a mi madre era un plano bien centrado de Mario saliendo a pasear por el jardín.

—Era para mi madre.

—No capto la idea. Me haces una foto para tu madre.

—Tiene sentido. Hice una foto desde la ventana de la habitación, sin mirar y se la envié. Para que viera que estaba bien.

—¿Con alguien? Para que viera que estabas bien con alguien...

—No, no. Créeme.

—Entiendo.

Me miró dentro de los ojos, como si buscara que dijera la verdad. Pero era eso, no había más. Ahora faltaba que mi madre se pusiera las gafas y se diera cuenta de que había un hombre en la foto. Lo único que acerté a decir fue:

—Verás mi madre cuando la vea.

—Cuando me vea, dirás.

—Creerá que no es casualidad —admití, rendida ante el ridículo—. Te parezco ridícula, ¿verdad? Una mujer que viene sola a un hotel, que lee revistas, que envía formularios de concursos y que hace fotos absurdas. Es lo que hay. Al final, te voy a servir para el guion. Quien me oiga... Estoy hecha un lío, qué obtusa y qué torpe. Todo a la vez. Mírame.

—Te estoy mirando —dijo—. Y no pareces nada de eso. Ya me había hecho ilusiones. Dios me perdonará.

—O el firmamento. ¿No?

—Eso. El firmamento.

—Al final... No apuntaste la frase. No sé lo que dije antes.

—No te preocupes. Los buenos guiones son largos y tienen muchas correcciones. Daremos opción. ¿Te apetece pasear?

Asentí.

Tomamos la senda que baja al jardín, directos hacia la escalinata donde las farolas jugaban a ser estrellas lejanas. Había poca luz, pero la noche estaba imponente. Mientras bajábamos caminando, noté cómo mi corazón se aceleraba otra vez. Se adelantó unos metros para observar el cielo. El resplandor de la luna entraba entre los pinos y apenas bastaba para vernos las caras. Nos quedamos los dos de pie, mirando el cielo.

Mario

Cuando veraneaba en Calabella, un pueblo de la Costa Brava, había una mujer que tenía la cara llena de pecas. Mi amigo Justo decía que era una constelación. Me parecía una solemne tontería, pero a fuerza de verla, empecé a buscarme las pecas del cuerpo como si pudiera pedir deseos con las estrellas fugaces. Aquella mujer, regordeta e italiana, tenía la Osa Mayor en la frente. Son las tonterías de niño que de mayor se convierten en recuerdos de guerra, postales enviadas desde tu pasado.

Esa noche, mientras bajábamos por la amplia escalinata del hotel, me retrasé y me quedé mirando la espalda de Ana buscando sus estrellas.

Ana

Supe que Mario no estaba mirando el cielo. Lo noté a mi espalda, como esas ráfagas de viento que te ponen la piel de gallina, pero no te incomodan. Sentí que se me endurecían los pezones. Por eso aguanté un rato observando las estrellas, limpias como un gigantesco juego de recorta por la línea de puntos. Así fui mirándolas, de una a otra, como si el cielo quisiera decirme cuál era el camino que debía tomar. Demasiadas decisiones y un único entretenimiento: el firmamento.

Mario

—¿Quién es?

—Somos de El Corte Inglés. Le traemos un colchón.

«De cuerpo y medio», añadí mientras pulsaba la tecla para abrirles.

Me vestí corriendo porque andaba todavía en calzoncillos por la casa, no funcionaba el aire acondicionado y las ventanas abiertas lo que dejaban pasar era calor.

Me puse un pantalón corto, una camiseta —del revés— y me mojé el pelo con colonia para sentirme fresco y eliminar las marcas de las sábanas en la cara. ¿O eran las primeras arrugas? Joder. El espejo es el elemento más incómodo de un piso, Lewis Carroll se vio obligado a ponerle fantasía y meter a Alicia en sus maravillas y los Hermanos Grimm encerraron a una bruja lasciva en el reflejo. Yo sólo vi a un tipo dormido y cansado que tenía prisa por parecer normal antes de que los del transporte subieran mi nuevo colchón.

—Señor, ¿podemos pasar? —dijeron desde la puerta dos chavalitos con peinados de futbolista.

Lo que me faltaba, «señor», mastiqué.

—Sí, pasad, pasad. No hace falta mucho recorrido, la habitación es esta puerta de aquí.

—¿Tenemos que llevarnos el viejo?

—¿El qué?

—El colchón usado.

—Sí, por supuesto. Llevaos al hombre.

—¿Qué hombre? —contestaron asustados.

—Nada, es una broma. Tengo la sensación de haber dormido sobre el anterior inquilino.

—Buff. Se nota hundido, es verdad.

—No es bueno para la espalda —dijo el segundo—. ¿Podemos apoyar el nuevo aquí?

—No se preocupe —respondí de «usted» como regate.

Los chicos desenvolvieron el plástico del cuerpo y medio y embalsamaron el colchón viejo para llevárselo como la víctima de un asesinato. De pronto, me parecieron policías. Aunque, por el chicle, eran más dos sicarios envolviendo al muerto para echarlo al río.

—Este tío pesaba, eh. Menuda huella.

—Ahora me entendéis, ¿no? He estado durmiendo con él.

El del chicle clavó los ojos en los míos como si hubiera descubierto a un gay en una esquina. Me sonrió pensativo y le hizo un gesto cómplice al otro. Esa barrera heterosexual me hizo saltar empujado por mis cromosomas para demostrar que no lo era.

—Mi novia no quería dormir aquí —respondí como segundo regate.

—Ah —respondió, como si hubiera perdido el premio.

Entonces el más joven sacó un recibo de su bolsillo, lo desplegó y me pidió que firmara.

—Ahora vuelvo —dije.

Regresé con las gafas puestas y el bolígrafo de mi mesa, uno que había comprado en la estación de trenes de Harry Potter para una amiga friki y que al final se quedó en la mudanza. Ni superó el andén nueve tres cuartos ni la furgoneta llena de cajas.

—Odio el verano —comentó el de la cresta—. Me gustaba cuando lo pasaba en la playa con mis padres, trabajar con este calor es insoportable. No mola. En invierno no me importa, puedo estar todo el día descargando; ahora necesito sol y el calor pero no aquí.

A mí más o menos me sucedía lo mismo, en un hotel con playa, con el sol abrasándome los hombros, me encontraba genial.

El chico sujetaba la carpeta donde yo debía firmar y echaba una mirada a mi piso. Según él, nadie debería trabajar en verano, *todos deberíamos estar en Benidorm*.

Así lo dijo.

—¡O en Cancún! —se sumó el otro.

Yo trataba de no cambiar de expresión pese a la risa que me entró. Cuando por fin puse los datos y la firma, que no parecía mía ni mi nombre, le contesté.

—Qué razón tienes, chaval.

Los ojos le brillaban como a un niño que ha acertado. Les tendí la mano y vi cómo se escapaban con el muerto escaleras abajo.

—Adiós —grité—. ¡A los tres!

No se giraron, no me oyeron.

Cuando me asomé a la ventana, ya no estaban. Habían cargado rápidamente y se habían ido. Fue como una sensación de pésame truncado a la salida del tanatorio. «La culpa la tiene el guion —me dije cerrando la ventana— y mi manía de fabularlo todo».

Como todas las mañanas desde hacía un par de meses, tenía que desayunar y quedarme dormido de nuevo en el sofá. Me despertaba desorientado recordando vagamente mi sueño en la playa, paseos entre los pinos y ruido de olas. No dormía bien, a pesar de que los sueños se antojaban idílicos. Así que no era extraño que dieran las doce y anduviera todavía por el sofá, holgazaneando y sudando; pensé que era pereza y que no me hacía a la nueva casa, pero al ver que me dormía en cualquier sitio supe que sólo era falta de sueño. Dos cafés como mínimo me ponían en alerta y me disparaba al ordenador. Sin embargo, cualquier gemido en la casa contigua me despistaba. ¿Quién lloraba todo el día? ¿Tanto se querían los vecinos? ¿Otra vez sopa de pescado? Me podía pasar el rato escuchando las conversaciones contra mi voluntad. Algunas me servían para la novela, otras alimentaban mi curiosidad nada más.

Me tumbé en el nuevo colchón mirando las estrellas. No pensaba dormirme de nuevo, simplemente pensaba en lo maravilloso que era seguir conservando una noche en la memoria.

Ana

—Hace tan buena noche que dan ganas de bañarse.

—Baja tú, si eres valiente —le animé—. Aquí se ve algo, más allá de los pinos es noche cerrada. El mar ahora da miedo.

—Qué poco atrevida eres.

—Y tú qué loco. Ni se ve el camino, ni es seguro bajar ahora a la playa por las piedras, ni llevas bañador...

Callé. Se oyó mi pecho y el mar.

Seguí nerviosa.

—Es el típico capricho de adolescente, típico de tío. Conmigo no cuentes, yo me voy ya a la habitación.

—Pero si el mar está como un plato y no hace ni gota de viento —protestó amablemente.

—A ver, no hay tramontana. Pero es de noche. —La aspirante a *femme fatal* y la Blancanieves peleándose dentro de mí. Titubeé un segundo y añadí para aflojar—: Estoy algo cansada.

Una vez dicho esto, me quedé con ganas de haber dicho algo más, o haber dicho algo menos, de soltar un poco de miedos infantiles aprendidos y dejar que la noche actuara. El mar estaba como un plato, sí, y brillaba como si todas las estrellas se hubieran puesto de acuerdo para crear un decorado de cine en tecnicolor.

—Es de noche —zanjé.

—Ya. Qué despistado soy. Es de noche.

Nos paralizamos durante unos segundos, sin reaccionar. Lo dijo mirando las estrellas. Seguramente sonrió con un tú-te-lo-pierdes-guapa.

El problema es que yo sí quería bañarme, quería girarme y decir: «¡Vamos! ¡No tengo bañador! ¡Qué más da! ¡Venga, Mario! ¡Al agua!».

Pero con esa misma inercia que tienen los burros para quedarse parados con la carga y no avanzar, me quedé anestesiada en el escalón, abandonada a las dudas, anclada al suelo; no reaccioné a tiempo y cuando me di cuenta del quietismo ya era tarde para corregirse.

Terca.

Eres terca.

Subimos caminando lentamente hacia el jardín donde estaban las pérgolas y los lirios, dormidos ya como el resto de los huéspedes. El silencio hablaba. No quería volverme para mirarle, para que no me viera la cara; pero sentía que él, y lo supe con certeza cuando me tropecé con sus ojos, tenía ganas de quedarse allí, de noche, contemplando el firmamento.

Efectivamente.

—Me voy a quedar un rato más —dijo.

Debía de llevar demasiado tiempo sin encontrarme con alguien así de normal, que disfrutaba simplemente quedándose a ver las estrellas. El problema de haber estado liada con majaderos que vivían en paraísos artificiales y buscaban alimentación en las luces de la ciudad daba como resultado esto, yo: una mujer que se movía bien en la barra de un bar y mal en el exterior.

Quizá era eso, quizá era que estaba acostumbrada a otros cosmos y no sabía desenvolverme en el de verdad.

De repente, algo llamó mi atención e hizo que olvidara mis pensamientos. Oí alejarse a un gato que debía de estar durmiendo entre las sillas. Con un leve maullido, me indicó que le siguiera. Me escabullí como él. Me recogí el pelo y le dije a Mario:

—Buenas noches, ya nos veremos mañana. Ha sido una cena estupenda.

Tardó varios segundos en contestarme, se tocó la humedad de los brazos y me deseó dulces sueños. Me sentía la mujer más torpe de la Tierra y parte de la bóveda celeste. Haría las cosas a mi manera. Sabría alquilar pisos. Tendría capacidad para cuidar de las plantas. Sería la mujer que se adaptaba a los trabajos con jefes imposibles y sumaba experiencia. Todo ese era mi currículum. La que encontraba ofertas y chollos en internet. La que salió de Burgos y volvía por Navidad. La chica de bien. La prudente que todos valoraban, la que daba el paso justo y contaba las casillas de la oca sin caer en prisión, la que veía todo antes de que sucediera. La previsible. La lógica. La razonable. Seguramente era todo eso. Sí. Pero incapaz para todo lo demás.

Seguí al gato hasta la escalera de la cafetería y arrastré la mano por las ramas de romero. Allí, abrí la puerta y entré en el descansillo. Me recibió la luz tímida de una lamparita. Un delicioso golpe de claridad que parecía apagarse poco a poco. El rumor de las olas de la playa llegaba hasta allí convertido en arrullo.

Me giré para ver a Mario.

Desde los primeros escalones, el exterior me pareció una obra de teatro acabada. Sin foco, todo a negro. Sentí una oleada de tristeza por lo que no había sido. Para bien o para mal, yo era así.

La lamparita se apagó y se iluminó la del pasillo. Con toda seguridad él era uno de esos gatos que se quedaban al fresco mirando la luna y dejándose llevar por el cambio de posición de las estrellas.

No me quedó más remedio que volver a la realidad. En mi caso, a la habitación.

Luego me cogí la cabeza con las manos en el balcón, no en plan dramático, sino para taparme los ojos que empezaron a llorar. Unas lágrimas tontas, débiles por la pérdida de voluntad, por ese menoscabo de libertad que yo misma me provocaba, y que acabaron después mojando la almohada de la cama.

Cuando fui a apagar la luz, me encontré una chocolatina sobre la libreta donde había apuntado algunas frases. La camarera había sustituido el lápiz que rompí por uno nuevo, pero había dejado el papel donde reconocí mi letra.

Se boicotea.

Una mujer acostumbrada más a las resacas que a los brindis.

Se boicotea, se boicotea, se boico...

Acabé la palabra inacabada, me comí el chocolate amargo y rompí otra vez la punta del lápiz estrellándola contra la ventana. Al apagar la luz, se iluminaron las estrellas del exterior y en sueños pensé que salía a por él y me bañaba en el mar.

Pero no pude dormir.

Mario

En cuanto a mí, aguanté un rato más mirando el cielo, pero no podía concentrarme. No era tan fácil quedarse solo. Nunca lo ha sido.

Desde el firmamento se vería a alguien insignificante en la terraza de un hotel de lujo, sentado en los escalones, sin camiseta y escribiendo con saliva las tres letras de un nombre de mujer. Un punto en el universo que dudaba de todo y que no estaba acostumbrado a ser sorprendido. Desde el escalón, no era más que un tipo que lo había pasado bien y que construía finales felices para los demás, en novelas ajenas, en historias extrañas, pero que se preguntaba cómo hacerlo para él. ¿Cómo escribes tu propio guion?

«¿Cómo se hace?», dije, perdido en dirección a Vega.

La miré fijamente y luego miré el nombre que se evaporaba en la piedra del escalón. Durante un minuto esperé de ella una señal, un guiño, que me hubiera tranquilizado un tiempo. Miré a Vega, a Arturo, a Sirio, las que más brillan en el hemisferio norte. Las mías, las de niño. Las que señaló el abuelo como brújula para que me acordara de él. Todas sobre mi cabeza. Pensé: «Os envidio», pero sabía que no era cierto. Desde la distancia, el tiempo y los kilómetros, todo es más fácil, hay que alejarse y ver la escena. Nada más. De cerca, todo se complica. Vislumbré de pronto la vida que llevaba, la casa, el colchón de cuerpo y medio, la falta de cenas como la de esa noche... De repente, la ausencia de Ana se hacía presente, y las Anas que habían pasado por mi vida. Me inundaba un sentimiento de tristeza. El rostro de Ana, transformado en estrellas, parecía el único de todos. El final de un camino pedregoso y desigual.

La perspectiva. Qué suerte tiene el cielo.

«Si te vieras como yo te veo», me decía siempre Amalia. Pero somos incapaces de vernos como nos ven. Y así andamos, fingiendo personajes y esculpiendo sonrisas en piezas de mármol que jamás serán expuestas en ningún museo. Qué difícil es verse desde fuera. Sólo el cielo lo sabe.

Fue una de aquellas noches en las que la vida te pide disculpas y te propones aceptar el orden de las cosas. Acepté que era un escritor clandestino, un fugitivo de la pareja y que, respuesta fatídica, tal vez no sabía más que escribir novelas ajenas. Lo peor fue aceptar que aquella había sido la cita más mágica de los últimos años, incluso más que Amalia.

¿Sería capaz de pasar todas estas emociones a la novela que estaba reescribiendo, una novela que firmaría otro? ¿O dejaría que sucediera sin más?

Sonreí.

En la habitación estaba el ordenador esperando a que me pusiera a reescribir. Era la única cosa que me haría olvidar el no-beso de la no-novia. Ahí lo tenía: una novela por terminar. El exitoso Patrick Gobelins lo había vuelto a conseguir, y tanto me maravillaba mi demoledora capacidad de destrucción que deseé enviar un mail a todos diciendo que Tom era yo. Con sólo dos palabras, habría destruido su puñetera historia de laurel. Si mi madre hubiera estado allí, habría sacudido la cabeza mascullando algo entre dientes. *No lo hagas.*

Entretanto, el pecho me iba a mil por hora y decidí que ya era hora de acostarse. Una pastilla.

Sabía que caería rendido.

En lugar de ir a por ella, miré mi reloj, que anunciaba la hora de marcharse al catre.

Acabé levantándome hasta rendirme en el cristal de la ventana. La frente fue congelándose y con ella mis pensamientos.

Entonces le cuento a las estrellas que estoy bien, que no pasa nada, que no ha sucedido nada, pero puede suceder en la novela; que es mi única manera de salvar el marcador de emociones. Si yo me iba a la cama como los feriantes en día de lluvia, podía afilar las teclas y comprar una noche de amor para los personajes de mi borrador.

El depredador sería un poco cariñoso, la víctima algo fácil y metería antes del capítulo alguna señal que diera a entender que habría amoríos, sexo y clavículas marcadas. Sólo hay que poner fantasía. Es fácil. El autor no se iba a enterar, la editora estaría contenta y el público, feliz. Cambiaría la cerveza por champán y el motel por un hotel de cinco estrellas. Quitaría los defectos y pondría virtudes. Es cambiar cuatro palabras, buscar sinónimos y atender al pulso de la acción nada más.

No era extraño, gracias a mi trabajo otro escritor podría brillar, llegar a las firmas de libros en las que habría colas de lectores sedientos de cariño y conceder entrevistas preparadas ante periodistas que no habrían leído la novela.

«¡Es Patrick Gobelins!».

Mi texto sería suyo, como el apuntador de dos malos actores. De pequeño lo hacía, borraba los diálogos de los tebeos y ponía otros, quitaba el volumen de la televisión y fingía sus voces, después inventé conversaciones en las cafeterías y acabé dedicándome a esto: *words, words, words*.

«¿Qué leéis, mi señor?», le pregunta Polonio a Hamlet en el acto segundo, escena segunda. Y responde: «Palabras, palabras, palabras».

Yo estaba acostumbrándome a los diálogos ajenos, a simular conversaciones de personajes que no existen más que en el libro y, en ese trajín de letras, me estaba volviendo incapaz de ponerme palabras a mí mismo. Cuántos pasaportes necesita el pensamiento.

M-i-e-r-d-a. Tecla a tecla escribí las seis letras.

¿Qué me faltó decirle a Ana para que se quedara un rato más? ¿Por qué coño en las novelas todo sucede en la línea siguiente?

¿Quién cojones estaba escribiendo la mía? ¿El firmamento?

Volvamos atrás.

—Yo también estoy cansado —eso debí haber respondido. Y así habría seguido caminando con ella hasta el pasillo de su habitación y allí, en la puerta, cuando la música sube en las películas y los ojos se cruzan, haberla besado. Pero tampoco hay banda sonora. Maldita sea. ¡Nadie está dirigiendo mi vida! ¿Nadie?

Sigo.

—Pasa —me habría dicho ella. Porque siempre hay alguien que dice eso («pasa adentro»), y el personaje entra en la habitación quitándose la chaqueta. Hay un sofá de espaldas a la ventana, unas botellas a mano y hielos dispuestos en la nevera. Sucede entre el sofá y las luces están bajas, con prendas desperdigadas por el suelo y ropa interior limpia, abdominales prietos y tetas turgentes. El sexo sucede. La erección es brutal y jadean con música. Se abrazan. El sudor es luminoso, brilla como el ámbar de los escaparates. Se besan. Él está hacia arriba, con la boca abierta. Ella se acaricia como una foto en movimiento. Lento. El lugar se convierte en un animal de ocho patas, un nudo marinero de carne y lava. Y mientras las lenguas se cruzan como perros, estallan.

Luego amanecen con buena cara y las sábanas tímidamente arrugadas, como si nada salvaje hubiera pasado, con la luz del día pintando las ventanas y un innato buen sabor de boca para volverse a besar. Lo hacen. El chico se levanta. Resulta difícil interpretar su estado de ánimo, que parece oscilar entre la apagada satisfacción y el sentimiento de seguridad. En la cama ella dice alguna palabra mientras se cubre los pechos. Cuando terminan de ducharse, él fuma un cigarrillo en el balcón y ella hace una llamada. En fin.

Seguramente algo parecido debería escribirle a la novela del gilipollas que me había tocado mejorar. Puto engreído. Puto encargo.

Me quedé mirando algunas estrellas, sin sueño y un poco mareado por el vino. También hay que tener cierta edad para asumir que algunas cosas no pasan y punto. Sólo algunos náufragos consiguen llegar a tierra, pero muchos se pierden en el mar y de esos no hablan las novelas.

Para conseguir un final feliz hay que sumar muchos fracasos.

Me gusta el mar por eso. También de noche. Porque el mar es cruel y dulce, porque, aunque no lo visites, te espera y te genera recuerdos que ni siquiera han pasado. Entras en la playa y la superficie hace de cirujano que te parte en dos, convirtiéndote en algo suyo. Entonces ves a alguien de espaldas que te gusta o buceas en la ingravidez del fondo, sin abrir los ojos. No hay sonido. Nadie se entera. El mar te protege y te mata.

Ana

Desde el balcón veo cómo alguien se quita la ropa y la deja en uno de los sillones de mimbre, desaparece después en la oscuridad.

Es él.

Mario

El mar estaba esperándome.

Bajé por el camino de las hierbas aromáticas hasta la cancela que daba al risco de pinos y rocas por donde podría acceder a la playa. De día era para andar con cuidado, a esas horas podía pisar mal en cualquier peñasco y precipitarme cuesta abajo. Encontrarían un cadáver los huéspedes más madrugadores a la hora del desayuno y se hablaría de asesinato. «Quién va a bajar a la playa rocosa a esas horas», dirían. Y por qué razón. Cerrarían las puertas del hotel, vendría la policía desde Palma y todos serían interrogados por los agentes. La prensa hablaría de un escritor muerto, registrarían mi habitación, mirarían la novela inacabada y sabrían para quién estaba escribiendo. El gilipollas sería otro sospechoso, le harían venir. Luego escudriñarían en todas mis pertenencias, verían que sólo había traído dos libros, *El amor dura tres años,* de Beigbeder, y *Departamento de especulaciones,* de Offill, vaciarían los bolsillos de mi chaqueta, donde seguía el gramo de cocaína sin abrir, y harían fotografías de todo tal y como lo había dejado. El bodegón de la muerte. El conserje diría que soy muy buen cliente, el personal de limpieza destacaría mi pulcritud, los camareros, mi puntualidad y el gerente aseguraría que había venido invitado para acabar un guion de teatro. Luego llegaría el turno de los huéspedes. Ana, Ana Monteleón. «Lo vi la noche anterior, sí. Cené con él. Estuvimos charlando un rato. Nada destacable. Apenas acabamos nos fuimos cada uno a la habitación. A su habitación. Cada uno a la nuestra. Yo me dormí enseguida. No puedo confirmarlo, pero creo que lo vi caminar hacia el mar. No lo sé. Tal vez iba solo. Desde mi habitación no se ve bien. Pobre. ¿De verdad ha muerto?».

Mi cadáver quedaría en la historia fatal del hotel, se cerraría el caso y volaría a Madrid en la fría bodega de algún avión junto a las maletas de todos los pasajeros. Otra vez, adiós. Lo mejor es que no tendría que acabar la puta novela del gilipollas. «Eso es lo mejor», pensé.

El mar se rio de mí y me salpicó de espuma eliminando todos los pensamientos de mi cabeza.

Los ojos fueron adaptándose a la luz y, como si me hubiera convertido en uno de esos gatos solitarios que se mueven con facilidad por tapias y ramas, fui bajando a la arena. De repente, vi que el mar estaba iluminado por las estrellas como si todas se hubieran caído dentro para bañarse.

El Mediterráneo me acarició mojándome los pies. Ya estaba en el agua.

Me pasé la vida jurándole a mi madre que no me bañaría de noche, como si todos los monstruos marinos aprovecharan la oscuridad para aparecer en la costa llamados por los miedos infantiles al grito de unos padres protectores.

Noto la sensación de aquella noche como si fuera ahora. Le sonrío al agua y susurro: «Hola, soy un niño; venid, olas. No tengo miedo».

Entonces me di cuenta de lo mucho que me había infravalorado. Puede que de niño fuera un granuja y un miedoso, pero había borrado la mitad. Puede que de mayor me convirtiera en un canalla y un intruso, pero en parte también había conseguido rescatar al niño y salvarlo de sus miedos. A pesar de toda mi irreverente osadía, de todas mis inseguridades y engaños, no había desaparecido el Mario valiente. Si hubiera un aviso en la puerta de la habitación de niño, me lo habría saltado. A la larga, no sirven.

El mar lo dominaba todo, atrapado en la negrura de un paisaje que se presentaba invisible. Sentí cómo algunas algas pasaban tentando mis piernas, provocando sensaciones entre la aprensión y la sospecha; tal vez, también, algún pez desconfiando del extraño que, en la penumbra, iba alejándose de la orilla. Mis ojos se hacían distintos, como los lobos, distinguía las pequeñas olas y empezaba a intuir la silueta del islote y del barco de tres palos que permanecía fondeado en la mitad de la bahía. Imaginé los ojos de los peces, en su continuo peregrinar flotante, agotador, y metí las manos para buscarlos. Me pareció que el susurro de las caracolas se fabricaba allí, en esa extraordinaria noche de estrellas y mar. Era como un gemido que podía imitar con los labios en forma de silbido.

Me senté en el fondo con el agua abrigándome hasta el pecho, como una sábana de hotel, lisa y limpia, negra, y me mojé la cara para quitarme el bochorno de la noche de verano. Me pasé los dedos por el pelo como un peine, retirándome las greñas de la frente.

Se estaba bien.

Palpaba el mar como se palpan los cuerpos desconocidos, con ese movimiento de expedicionario que teme errar pero quiere continuar, renovando el deseo como un animal hambriento. Estaba meciéndome, y en ese acunar de las olas reconocía esa sensación maternal que a veces genera el mar, con la intensidad de otro olor y la delicadeza fuerte de una madre.

Los pinos se movían silbando con sus hojas de aguja avisándome de que estaban allí, cerca, en la orilla.

Me llené las manos de agua y me mojé la cara. Mientras rehuía de los miedos de la noche, la punta de las rocas cobró vida. Sentí miedo. El ruido de las hojas que se estrujan. La sospecha de alguien que podía estar entre los árboles me creó desconfianza y metí la cabeza en el agua como si el mar fuera un escondite. Al agotar el aire, salí.

—Mario, ¿eres tú? —se oyó entre los pinos.

—¿Ana? —pregunté.

—Soy yo, sí. Tranquilo. No podía dormir.

—Me has asustado —mentí al verla.

—Lo siento. Te debía una.

Noté que se me endurecía la polla. El agua del mar me pareció de pronto dulce.

—¿Cómo has venido hasta aquí? —pregunté—. Apenas hay luz.

—No lo sé. Hace tanto calor en la habitación... He seguido las estrellas.

—Esa es frase de guionista. Debería apuntarla.

—Te la recordaré si quieres. O puedo ir a la habitación otra vez y traerte una libreta y un...

—Mejor quédate.

Me miró y soltó una carcajada nerviosa. La imité, feliz de verla sonreír.

—No sabía qué hacer en la habitación.

Sus palabras tan frágiles me dieron la impresión de que, más que decirlas, las había pensado. Miré al cielo y distinguí el triángulo de Vega. Volví la vista hacia donde debía estar Ana y reconocí su figura silueteada por la luz de una ventana del hotel.

—Quiero decirte algo.

Me levanté del agua para escucharla. Nos miramos fijamente y nos dijimos mil cosas en silencio. Sin pronunciar una palabra, hablamos de las ganas, de la soledad, del sabor, de la noche, de la cena, de la felicidad, de los deseos, de las sorpresas de la vida. La vida era menos complicada cuando lo único que hay que hacer es callar. Los sonidos de la noche reinaron durante veinte segundos aproximadamente y luego ella respiró hondo con la intención de seguir:

—Estoy casada.

Ana

—Pero quiero follar contigo.

Se lo dije así, frente al mar. Se sintió desconcertado, lo sé, y se movió en el agua, emergiendo como si fuera un regalo del mar. Lo solté bruscamente, pero su cuerpo desnudo fue la respuesta. Yo había dado un paso entre los pinos y me puse encima de las rocas desde las que podía bajar al agua.

—Ven. Baja.

—Voy vestida.

—¿Y?

Solté las zapatillas y me deslicé sin miedo hacia la arena de la playa, caminé insegura, atrapada por el vestido que se enredaba con las olas y que se hacía pesado a cada paso.

Mario no se movió del agua. Me esperaba anclado en el mismo sitio, varado como un barco disponible que no piensa zarpar hasta que llegue el último pasajero. Sentí más calor que en la habitación y más miedo que nunca. Pero todo sucedía precipitadamente. No había más que deseo y una ligera ansiedad.

Mario levantó los brazos para abrazarme, pero me dio la vuelta y me quitó el vestido. Fue como un zarpazo, como si un animal me hubiera atrapado en su jaula. Hubo un escalofrío. Me quedé desnuda pegada con mi espalda a su pecho. Entonces fue cuando me abrazó. No hubo besos, sólo pasaba su boca por mi cuello mientras bajaba su mano desde el ombligo hasta mi sexo. Abrí las piernas consciente e inconscientemente para que fuera capaz de apretarme con su mano grande. Sentí todo su cuerpo tras de mí, pegado y mojado.

Sigo.

«Relájate», me dice. Es una de las tretas sexuales más básicas que usan los hombres y lo único que hago es abrir la boca para morderle la mano. El sexo conlleva relax y violencia, así lo necesito en ese momento. Me callo como respuesta. Mario me aprieta con todos sus músculos y ordeno mi vida en un segundo, sin palabras, con el agua por las rodillas y un hombre a mi espalda. Me muerde la oreja fuertemente, pienso en que nunca me pondré pendientes tras esa noche, la hace suya y busco su polla con mi mano. Me invade. Quiero pegarle en ese momento por la brutalidad, pero me arqueo y deseo tragarme el mar. Mi pelvis busca la suya. El animal que tengo en la espalda se parece a mí, me agarra los pechos y lo siento dentro como si siempre hubiera estado ahí. El corazón se queda en sus manos, el otro palpita y se agita tras de mí. Crujen mis pezones. Sus manos, como las de un hechicero, me dieron lo que le pedía. Sentí su dureza. Respiré, o suspiré. ¿Para qué oponerme a una ocupación semejante?

Cerré los ojos. Me olvidé de mí. Después me adormilé. Aún no había salido Mario de mí y me quedé soñada en sus brazos. La piel, tan poderosa, tan apaciguadora, me hizo sentir que nada malo podía sucederme. Que estaba bien todo. No sé si pasó una estrella. Él dijo que sí. Pero creo que lo dijo para disimular lo encendido que había sido todo. Por mi mente cruzó la imagen de mi primera vez.

Sigo.

—Deberías dejarte abrazar más —dice, soltando un bufido hacia el cielo, como si volviera a correrse.

—Y tú apretar menos —le contesto, llevándome la contraria a lo que me apetece.

—¿Sabes qué me apetecería?

—¿Qué?

—Un cigarrillo.

Le pongo la misma cara con la que le miré en la cena, todo el mundo conspira para que vuelva a fumar. Pero ya no sé si lo dice por capricho o por decir algo.

—¿Quieres que vaya a por uno? —le pregunto, seca.

—No te esfuerces.

—¿En qué?

—En aparentar, no eres tan áspera.

—¿Lo dices por la crema?

—Lo digo por tu fingida actitud. Vas de isla y no es tan difícil llegar a ti.

—Eso suena a chulo.

—Es de la novela.

—O sea, me dices frases que dicen tus personajes. No me jodas.

—¿Quieres?

Me eché a reír.

—Lo mejor y lo peor de ti es que no sé nunca quién eres. Pero eso me gusta. Hay mucha gente previsible. Tú, no.

—Ya se ablanda... —replica.

—Puedo ser borde.

—Lo sé, no lo dudes. Y te lo agradezco muchísimo, no me gusta la gente amable. Me parecen personajes de comedia barata, de novelita *chicklit*.

—¿Eso qué es? —le pregunté no queriendo parecer una gafapasta.

—Libritos para mujeres jóvenes, solteras, de veinte a treinta.

—Y ¿eso es malo?

—Pues no lo sé, la verdad.

—Yo tengo treinta y cinco y me considero joven. En qué estantería me colocas.

—En la de mi casa.

No sé cuántas veces habría deseado que me dijeran eso en los últimos años. Mario estaba a mi espalda, abrazándome, con su miembro en mis riñones y sus manos bajo mi pecho. Cada gesto, cada mirada, cada caricia estaban repletas de sinceridad. Nunca jamás había sentido que mis emociones eran correspondidas donde se las esperaba. Era una comunión de placer, de deseo y de felicidad. Era la plenitud. Era sentirme verdadera. Era toda esa voluptuosidad que había soñado sola, multiplicada por Mario. Me adormecí como si el mundo hubiera acabado.

—Eres increíble —dijo para despertarme.

Es cierto que era increíble, quería volverme a la habitación, meterme en la cama y olvidar lo que acababa de hacer. Maldita culpabilidad que despierta miedos inoportunos. Y, al mismo tiempo, me pegaba a su piel para encontrarle y sentirme protegida. Supe que estaba bien en su abrazo. La chica que llegó con su soberbia y sus ganas de descansar estaba entre rendida, dudosa y rebosada de felicidad. Sobre todo indecisa. Por culpa de todos esos propósitos que te haces para ser feliz, te queda demasiada culpa. Es algo tan abstracto y tan ridículo que no me atrevo a relatarlo. Afortunadamente, era de noche, lo tenía a mi espalda y no podía verme llorar.

Eran más de las tres de la madrugada: en aquel hotel no se oía nada y en el mar estábamos nosotros solos. Me giré para que su corazón dejara de latir en el mío y lo vi parpadear y mover la cabeza para disimular su satisfacción. Yo, como no podía ser de otra manera, dije exactamente lo que no quería decir.

—¿Nos habrá visto alguien?

—Apenas nos vemos nosotros —apuntó—, sólo se ve el cielo y no creo que nos preste atención.

—Eres un niño grande. ¿Lo sabías?

—Y... ¿es malo?

—Tú y tus cosas de las estrellas... Niño grande.

Sonrió. Me soltó y se sentó en la arena, con el agua por el pecho, y le imité para no verme desnuda frente a él. El letargo de las vacaciones y toda la playa solitaria eran como un cuento de verano de esos en los que te quedarías a vivir. Sin embargo, yo seguía nerviosa.

—Ana —dijo—. Te das cuenta de lo fácil que es la felicidad.

Lo miré con recelo, dudosa de si lo que acababa de decir era una ñoñería de su novela o una realidad. Los árboles se movieron, ulularon, ¿se dice así?, y sentí que si eso era una cursilada, era al menos real. Dejé que sucediera y por primera vez no dije ni una palabra.

Me besó dulcemente. Miré al cielo. Luego vi el barco de tres palos, el final del cabo donde había una luz que debía de ser una casa y toda la escalinata del hotel iluminada débilmente por el firmamento. Cómo podía haberme crecido la agudeza visual entre tanta oscuridad, ¿estaba mutando en un animal nocturno? Cómo podía distinguir su cara, sus ojos y su boca intentando decirme algo que nunca dijo.

Dejé a Mario que siguiera besándome y volvimos a hacer el amor. No debería decir volvimos, antes había sido sólo follar. Ahora, cambió. Desfilaron por mi mente los últimos días de aquella semana en la que no quise viajar con nadie al hotel, el aeropuerto, la cola de facturación, la llegada a Mallorca, el coche de la oficina de turismo, las curvas hasta el cerro, la recepción y el pasillo lleno de cuadros de marinas como un concurso de amaneceres puestos en línea. La cama vacía. Mi vida igual.

—Mario —dije—, tienes razón. Es fácil.

—¿El qué?

—Vivir.

Alguna piedra debió de caer estruendosamente de las rocas a nuestro lado queriendo llamar la atención. Me sobresalté y soltó una carcajada.

—¡No te burles! ¿Qué te has creído? Me he asustado.

—Anda, tonta, abrázame.

Hasta entonces nadie me había abrazado así, con semejante ternura. Ni siquiera mi padre, que tenía debilidad por mí y fingía que me quería más que mi madre. Contemplé sus hombros y sentí el sabor salado de su piel, qué tópico más placentero, sin escatimar en besos.

—¿De qué va el libro? —pregunté desde su hombro.

—¿Qué libro?

—El que estás escribiendo.

—Te recuerdo que no lo he escrito, yo sólo soy el encargado de mejorarlo. Poner, quitar, endulzar, sazonar...

—Como un cocinero chef.

—Más o menos.

—¿De qué va?

—Son los años treinta. Riccardo, el hijo menor de una familia de la burguesía acomodada de Venecia, es un muchacho algo fantasioso, que vive con apatía las novedades de la vida. No tiene mucha alegría, presenta cero excitación ante las cosas que suceden a su alrededor. El verano pasa con tedio a su lado...

—El verano siempre es así.

—Depende.

—El verano es como una larguísima tarde de Navidad, pero con treinta y cinco grados. No me gusta.

—Pues eres como el protagonista. A él tampoco le gusta. Cree que es tiempo perdido.

—Vaya. Jamás pensé que lo podría ser: protagonista.

—Todos podemos. Lo único que hay que hacer es poner principio y fin.

—Y... —No quise entrar en ese tema, me pareció demasiado hondo para el momento—. ¿Qué sucede?

—El chaval cumple quince años y se va de vacaciones con su madre al lago Como. Se aburre como una ostra. Echa de menos tener amigos. Pasea entre la belleza del lugar con una tristeza contemplativa...

—No es mal lugar.

—Cuando no estás bien, no hay lugar.

Me callé y metí las manos en el agua como si las escondiera.

—Un día, la visita de una chica de su edad cambia todo. Es culta, inteligente y conversadora. Y el tedio lía los bártulos. A los alrededores del lago la vida empieza a moverse, allí empiezan las experiencias de un verano diferente. Muy diferente. Le fascina la belleza de la chica, sus temas de conversación, la elegancia con la que se mueve y... el abrasador verano se convierte en una puerta a la edad adulta.

—Me gusta.

—Y a mí, pero no está bien escrito. Ni funciona la relación con la madre en Como, ni se ve la despreocupación que debe haber, ni los placeres del verano lo parecen. El niño tiene quince, son los años treinta, no puede hablar como si fuera un chaval de hoy.

—Y... ¿ella?

—Ella es perfecta en mi imaginación y supongo que en la suya. Descuidada, frágil, frívola. Pero quiero que sea carnal, que sea una de aquellas mujeres en tránsito entregadas a la vida fácil y burguesa, una mujer que baraje las cartas con deseo, que se vista pensando en que será observada, que los jardines de su casa tengan jazmines, que los corte, que haya algo de represión y de puertas entornadas... Ya sabes.

—¿Cómo se llama?

—Emilia. No me convence.

—Llámala Ana.

—¿Como tú? No sé si estaría bien cambiarle el nombre.

—Pues me parece interesante.

—Buscaré argumentos para decirle al escritor que es mejor otro nombre... Le diré que estoy enamorándome de ella.

—Pero —titubeé— si no existe.

—Bueno... No sé, cuando escribes empiezas a enamorarte de los personajes, los dibujas, los empiezas a ver... Te recuerdan a alguien, sospechas que se parecen demasiado, borras sus gestos, pones otros que te gustan más porque los has visto en gente que... amas. No sé. Es algo curioso, no existen y a la vez sí.

Se embarullaba en sus explicaciones. Mi malestar del principio se transformó en una especie de ternura, miedo y deseo que no era capaz de ordenar. ¿Por qué le daba tanta importancia a su presencia? ¿Por qué le había dicho que la llamara Ana?

—No leo muchas novelas —mentí.

Estaba totalmente entregada a su voz en la noche. El agua circulaba entre nuestros cuerpos y hablábamos tocándonos, como si el mar fuera nuestra cama de siempre y se prolongara más allá de nosotros en una humedad agradable.

—Déjame alguna tuya —añadí.

Lo oí calcular en voz baja.

—Mañana te presto una novela. Así me la devuelves y nos volvemos a ver.

—¿Y... cómo sabré si es tuya si no le pones tu nombre?

Mario y yo nos miramos en silencio, en ese gran silencio que es capaz de crear la noche. Lo veía chispear de alegría, una expresión infantil y masculina. Había olvidado todo por lo que había venido y empezaba a hacer lo mismo por lo que me debía ir.

Sí, allí estaba, de madrugada, delante de un barco de tres palos, unos pinos sigilosos y con un hombre cogiéndome de la mano, con lo poco que a mí me gustaba que me cogieran de la mano.

—Te diré algo que pongo en todas las novelas y nadie sabe. Así sabrás cuáles son mías.

Mario propuso que saliéramos hacia el hotel, en medio del agua y la oscuridad de la noche, empezábamos a tener algo de frío.

—Nos quedamos en las tumbonas, se estará mejor —dijo.

—¿Mejor que aquí? —respondí como si fuera uno de sus personajes.

Me sonrió formando otra constelación.

El silencio del mar y de las embarcaciones apagadas nos regalaba la sensación de estar aislados del resto del mundo. A ratos me embargaba el miedo, un sentimiento de culpabilidad y otro de atracción que iban turnándose.

—¿Qué lado te gusta de la cama? —susurró.

—El mío —respondí seca.

Y ante mi cara de sorpresa, añadió:

—Lo siento, pero yo también ocupo ese lugar. ¿Prefieres cambiar?

Mario abandonó su tono irónico y me repitió la pregunta y que si prefería dormir en mi habitación o en la suya. Sabía que no podía responder, me tenía en sus manos. En todas. Luego garabateó algo en mi pecho con sus dedos, como una firma, una palabra. No pregunté. Yo estaba más desconcertada que él.

—¿Me lo prometes? —quiso saber.

Asentí sin saber a qué.

Le dije que estaba dispuesta a desaviar la noche y a quedarme un rato más a la intemperie, en las hamacas, con él. Pero una vez dicho, cuando las palabras me salían de forma razonable y me enfrentaba a todo lo que yo quería y a lo que ya no quería ser, salió un chillido de mi boca que ahogué por ridícula.

—Mi vestido. ¿Qué ha pasado? No está.

Yo estaba a punto de romper a llorar, él también, pero de risa. Observé durante unos segundos la oscuridad del mar, la poca luz que dan las estrellas cuando más las necesitas, y me moví a tientas como si buscara el interruptor de la noche. La bombillita del palo mayor del velero la quería para mí.

Mario se mordió la lengua y luego comentó que había sido culpa suya. Le dije que sí, que claro que había sido culpa suya. Que cómo me había quitado el vestido, que cómo coño regresaba yo al hotel desnuda, que a ver quién era la guapa que cruzaba en pelotas el *hall* hasta las habitaciones. Algunos chillidos más... Mario se acercó a la orilla y miró sin esperar ningún éxito en busca de mi vestido, por si la corriente lo hubiera arrastrado hacia los pinos. Pero allí no se veía nada. Nada.

—Escucha —me dijo—, arriba en las escaleras dejé mi camisa. Te la pones y ya no hay problema.

—Y, cómo voy hasta allí.

—Como vas, desnuda.

—Me van a ver todos.

—Quiénes son todos, no hay nadie. Estamos solos.

Me senté en el borde de una piedra y dije la mayor tontería.

—Me había puesto mi vestido favorito.

Y lloriqueé como una estúpida.

Mario

Cuando dijo que era su vestido favorito yo escuché: «Me había vestido así para ti». Me pareció la mejor frase, la más sencilla para decirle a alguien que te gusta.

—Me había puesto mi vestido favorito.

La típica oración a la que no haces caso porque es tan normal y tan simple que suena cursi, esa que jamás pondrías en una novela. Es más, la borrarías por afectada y porque no te tomaran por un redicho. La miré mientras se cubría los pechos con las manos y sentí deseos de ser yo quien lo hiciera. Pero no me atreví ya a abordarla...

Tan pronto nos sentamos el uno frente al otro en las tumbonas del hotel, me dio la sensación de que el firmamento había cambiado de posición. Lo que más me sorprendió fue la facilidad con la que nos habíamos adaptado. Me lo contó todo, sus miedos, sus ilusiones, y yo desaparecía entre las dos cosas, a cámara lenta, mirándola. Charlaba como una cotorra, feliz y aliviada. El mundo entero estaría durmiendo, nosotros andábamos de estrella en estrella y refugiados bajo la gran buganvilla de la escalinata. Hasta allí habíamos arrastrado dos tumbonas, con riesgo de que todos los gatos despertaran al personal o que el de seguridad viniera a ver qué pasaba.

—Entonces, ¿cuándo nos escapamos?

Me observó un segundo con abierta hostilidad, intentando calibrar la importancia de mi pregunta. Pero mudé de gesto y ella, de opinión. Nos reímos.

Tras un breve instante de dudas, Ana me preguntó qué era lo que más me apetecía en ese momento.

—Un vodka —dije.

—A mí también.

—¿Vamos al restaurante que está en la piscina? Habrá algo.

—¿Esperas que te acompañe a robar?

—Te han traído invitada, es tuyo. Lo único que pasa es que no está el camarero. No querrás despertarlo, ¿no? En estos casos es mejor apropiarse de la bebida sin que se enteren. Yo voy, abro la vitrina, cojo el vodka, dos vasos y vuelvo.

Su expresión recelosa me hizo reír de nuevo. Me levanté y ella se puso en pie más rápido que yo, me dijo que volviera a la tumbona y que ya no le apetecía el vodka.

—¡Estás muy graciosa con mi camisa! ¿Nos vemos mañana?

—¿Mañana?

SEGUNDA PARTE

LAS CARTAS

Mario:

Te envío las cubiertas que hemos preparado. Dime cuál te gusta más. Son tres: una me encanta, la otra me deja fría y sé cuál elegirás.

Ana
Editorial Planeta

Querida Ana:

¿Es lo único que me dices de la novela? Para eso podrías haberme llamado, no hace falta una carta con sello de la editorial ni mensajero. Llámame y hablamos. No te entiendo.

P. D.: Elijo cubierta. La buena. Rompe las otras.

Mario:

Te dije cuando nos conocimos en el hotel que no usaras mis palabras. Te lo repetí muchas veces. Muchas. Y no sólo eso. Has escrito nuestra historia. ¡Nuestra historia! Ni me llames. No tengo ningunas ganas de escuchar tu voz. La novela debe editarse por contrato y por eso me voy a comer mi orgullo y fingir que no me he dado ni cuenta.

Ana:

Llámame, por favor. Escribir la historia era la única manera de volver a verte.

Tuyo,

M.

Mario:

No quiero verte. Bastante que debo leerte, corregirte, tachar, editar... y evitar con el teclado lo que palpita en mi recuerdo.

¿Te parece suficiente razón? Prefiero seguir así. El papel evita bobadas. Conozco bien tus armas y prefiero releer lo que escribo. No quiero enredos telefónicos.

Al grano:

La jefa ha dicho que le encanta. «Me encanta», palabras textuales a la salida de la reunión del comité de la editorial. No pone pegas. Casi podía distinguir cada una de sus muecas, de lo fuerte que hablaba. «Mira, Ana, ahora no puedo hablar... tengo a otro autor al teléfono. Dile que quiero saber cómo acaba», y ha cerrado la puerta satisfecha por haber cumplido con la función de jefa editora. «Es un historión», ha zanjado con aspavientos. Está muy contenta. Insisto, ella está muy contenta, es la que paga. Me ha dicho que te diga que eres nuestro autor y *pilar fundamental del sello* (palabras textuales); pero, entre nosotros, no voy a dorarte la píldora con piropos editoriales que ya conoces y que has escuchado mil veces.

No obstante, he de decir que se ha mostrado áspera con el tema sexual. Incluso se ha ofrecido a llamarte, quiere que añadas más. Yo lo rechazo de plano, por supuesto, no quiero leer escenitas de playa; pero ella manda más. No tiene bastante. «Díselo». Ya lo sabes.

Querida Ana:

¿Y tú? ¿Querrías más?

Mario

Mario:

No contesto a provocaciones. Joder, Mario.

Si leyeras más a Jane Austen, encontrarías respuestas a la tensión literaria y sentimental. Jane es la mejor en los mundos reducidos. La capacidad de crear todo un universo a partir de un mundo pequeño, sin magnificarlo. Relee *La abadía de Northanger* y busca también la declaración de Darcy en *Orgullo y prejuicio*. Te servirán.

Coincidió conmigo en que la portada que te gusta es la que no nos gusta. Insisto: no nos gusta. Pero ya sabemos cómo eres. Ambas estuvimos de acuerdo en que los lectores quieren amor y tú detestas lo romántico. El caso es que haremos lo que digas. Personalmente, yo habría elegido la del atardecer. Para ser justos con la historia, es una novela de mar, de playa y de tranquilidad. Yo sé que oculta mucho dolor, cosa que nadie podrá intuir a menos que conozca a los protagonistas. Resulta evidente que te diga esto, ¿no?

Ana

Querida Ana:

Claro que existen los protagonistas. Somos tú y yo.

Mario

Querido Mario:

Tanto planear de qué iría tu historia, tanta reunión, tanto café, tanto hablar de Islandia, de los fiordos como escenario, de los bares de carretera sin carteles, de asesinatos sin descubrir... y eliges escribir sobre nosotros. Veo que sabes matar. Me parece una canallada. No tengo ningún interés en leerte. Sólo soy tu editora. Preferiría que actuaras con frialdad y construyeras a tiempo la ficción. Tienes contrato y pone fecha, ¿necesitas que te lo recuerde?

La cubierta ya está en diseño. La tuya.

Querida Ana:

Me gusta que por fin hayas empezado la carta de otra manera. Suena bien. «Querido»... Parece que te escucho al leerte. No deberías dejar de hacerlo. Es una forma de recuperar nuestra cordialidad.

Mario, olvídate del «querido» definitivamente, esto es una relación editora-autor. Vamos a dedicarnos a la novela y a las fechas de publicación.

Hay cierta gente que es incapaz de separar lo profesional de lo personal, como si la misma noción del trabajo estuviese ligada indisolublemente a la posibilidad de volver por el hecho de estar juntos. Mi amiga Elena es una de esas personas. Yo no. No. Por eso sigo en este puesto y llevo a varios autores. No me lío con todos los que me engatusan. Los individuos de tu especie deben estar enjaulados tras las tapas de la novela. Me dedicaré a editar el texto y la promoción pasará a manos de Miguel, como siempre.

A partir de ahora, hablemos de tu novela.

Ana

Ana, querida:

Hay un ángulo concreto de tu carta que destroza todo lo anterior: todos tus autores son mujeres o gais. Es imposible que te líes con ellos. A no ser, amor, que le des la vuelta al cubo; en cualquier caso te mojarías porque está lleno de agua. Pero si quieres, como tú dices tan milimétricamente —puedo imaginar cómo has escrito y borrado, borrado y escrito una y otra vez la frase—, hablemos de la novela. Ana y Mario. Ellos.

Ana es una mujer inestable, insegura, bella y caprichosa que, tras una aparente seguridad disfrazada por su posición, se tropieza con el amor en sus vacaciones. Mario es un tipo inestable, inseguro, guapo y caprichoso que, tras una aparente frialdad disfrazada por su trabajo, se tropieza con el amor en su escapada. Son dos iguales. Y, al igual que pasa con dos imanes cuando los juntas, se rechazan y se atraen como si fuera algo pélvico, sexual, movedizo y bronco. Hay una atracción extraña, carnal, verdadera. Los dos están perplejos. Saben que es algo puntual, una relación eventual típica de verano. Vulgar, incluso. ¿Cómo la definirías tú? En fin, problemáticos e inciertos como son, follan. El mar es el telón de fondo, no es casual. Quieren ser olas, entienden de mareas y pisan inestables en la oscuridad de la noche estrellada. Lo sé, te parece afectado lo de la noche. Almidonado, pensarás. Siempre dices lo mismo. Pero es así. Es más, fue así. Prefiero escribir sobre algo que pasó a inventarme otra vez una historia que no sé controlar en las entrevistas. No soy Stephen King. Pero, maldita sea, algo tienes de *Misery* conmigo.

¿Sigues tú?

Mario

Mario...

De cuando en cuando, alguien te jode la vida. Siempre gente inadecuada, siempre la belleza y siempre el no saber contenerse. Ese has sido tú.

En una ocasión, en un trayecto desde Barcelona, me pasé horas llorando en silencio y los lagrimones resbalaban por las mejillas hasta un suéter nuevo que me había comprado. Cuando llegué a Madrid, el revisor, o como quiera que se llamen ahora, me ofreció un pañuelo. Me pareció un capítulo de Margaret Drabble, pero acabé en su mugriento apartamento con medio litro de ron y un jersey estropeado por sus babas y un uniforme por los suelos. Cuando llegué a mi casa, mi novio me ofreció una copia de las llaves para irme a su piso de soltero. Me dejó. La infidelidad huele tanto como pesa el miedo.

Acababa de leer una novela tuya. Esa en la que hablas de la cordura y de la fidelidad. Puta literatura. Me habías atrapado con tus palabras y ni siquiera nos habíamos visto.

Rechacé las llaves, cogí una maleta y salí corriendo a casa de mi madre. Volver se me da bien, estoy acostumbrada a perder. Deberías escribir algo así, ¿no? *Acostumbrada a perder* como título no está mal. Seguro que a la jefa le parece estupendo y tú buscarás la cubierta inadecuada.

Cuando volví a Barcelona, quise conocer al autor y el niñato que había quebrantado mis fronteras eras tú. En la cafetería estabas con el periódico, tus cigarrillos mentolados, un agua con gas y un plano de estrellas de esos escolares para situarse en el cielo. Como si hiciera falta conquistarlo. Dijiste que las habías bajado del firmamento, cómo se puede caer en algo tan... almidonado. Uso tus palabras. En fin.

Y a pesar de todas aquellas oportunidades desperdiciadas con mi vida —hablo de chicos estupendos, señores maravillosos y partidazos que mi madre habría querido para ella—, caí en tu conversación. «La verdad —dijiste mientras dabas un sorbo ruidoso— es que me gustaría editar contigo. Me encuentro en una de esas situaciones en las que oigo a autores quejarse de sus editores de manera insistente y tediosa. Y, no sé qué te parece, pero creo que esto es como una pareja». En cuanto pasamos al vino, yo ya no ordenaba bien las vocales con las consonantes. Si esa señal de reserva que anuncian los coches en el salpicadero hubiera estado en ese momento en mi cabeza, se habría encendido como una alarma advirtiendo del peligro: *sin gasoil*. Pero no la vi, me quedé sin movilidad y me subí a tu vida.

Caí.

Sucumbí.

Me despeñé por tus sílabas y por tu pecho.

Y, a la espera de un silbato y del sonido metálico de la policía, nadie me detuvo ni me multó. Así que no pude ver en qué hombre estaba embarcada. Lo único que sabía era que, cuando abrí los ojos, ya estaba en tu casa diariamente. Porque la verdad es que, desde los diecisiete años, nadie me follaba tan bien. Hablo de las palabras. No te crezcas. Puto escritor.

Ana

Querida Ana:

Recuerdo perfectamente aquella tarde. No fue así. Aunque, si me permites, utilizaré tu carta para mi novela. ¿Puedo?

Tu puto escritor

Mario:

Explícame eso. Cómo que piensas utilizar mi carta para tu novela. ¿A qué te refieres? ¿Me estás utilizando?

Responde urgentemente.

Ana

Querida Ana, editora:

El planteamiento de la novela —dijiste que habláramos de la novela— es lo que nos interesa. Tú misma decidiste dejar lo emocional para focalizar esta correspondencia (absurda) en la corrección del texto. Sin embargo, has roto tus reglas y te has sacado un capítulo de la manga. No tenía ni idea del revisor, ni de aquel día, ni siquiera sabía que estropeaste tu jersey de ¿angorina? por culpa de una lectura mía. Sabía que te habías enamorado de mí por una novela, pero nunca me detallaste el atropello en el que caíste. Si te soy sincero, no te creo.

P. D.: Hace dos años que dejé de fumar.
MARIO

MARIO:

Veo que utilizas las mayúsculas. La pregunta era otra. ¿Vas a utilizarme para tu novela? ¿Te parece insuficiente recrear la historia y que tenga que ser yo quien la publique? La osadía la manejas mal y también los tiempos.

Si mi texto acaba en tu novela, pensarán que es tuyo, eso es plagio. Aunque como no está publicado, sólo podría considerarse desvergüenza. Tú mismo. Si leen mis cartas, pensarán que es ficción, de modo que puedo ser yo quien te utilice y empiece a vomitar aquí todo lo que me da la gana con mucho adjetivo y sin ninguna metáfora.

Ya que me das permiso, Mario querido, seré yo quien te responda a partir de ahora pensando en la novela que yo misma debo publicar. Así me evito corregirla. Siempre puedo sacarle partido a mi versión y a tu falta de profesionalidad. Mato dos pájaros de un tiro.

«Él se aferró con fuerza al texto como si fuera un whisky, sabedor de que no podía negarle un trago ni un golpe de tecla. Y, al rato, eso fue lo que hizo:

»—Lo que me hace falta es volverte a ver —dijo él, mientras los pinos y las olas pasaban rozando los tobillos y desaparecían mar adentro.

»—Claro —respondió ella y apuró su vaso.

»Se acurrucó en su sillón donde leía los textos y se le antojó que había perdido peso, se sentía más pequeña, o más ligera. No sabría definirlo. Comenzaba a caer la tarde y empezaba a tener hambre, pero ¿cómo iba a saber que sólo quería comer palabras? Estaba en sus manos. Cogió su texto y borró todo.

»Le había invadido una sensación tan sumamente extraña que no supo distinguir entre venganza o felicidad. Él, que llevaba meses deseándola en secreto, no pudo conseguirla. Cuando le confesó los motivos de aquella debilidad, él se encogió un poco. ¿Quién podría soportar que le reescribiesen la historia? Una novela bonita, pase, eso sería normal, pero, ¡Dios santo!, tener un texto que no es suyo...».

De cuando en cuando, querido Mario, deberías recordar que escribes novelas para otros. Qué más da que, por una vez, te reescriban la tuya.

Ana, tu editora

Querida Ana:

Si alguien lee tu texto —posiblemente lo estén leyendo ya—, no sabrán que es tuyo. En la cubierta, bajo la foto que he elegido como portada, está mi nombre: Mario Bellver. Puedes abandonar tu batalla o meterte en ella. Tú eliges. Yo diría que hasta me gusta la desconcertante salida que has tenido.

No eres para nada el tipo de persona que había imaginado; pero, claro, nadie somos la misma persona para todos durante todo el tiempo. Incluso no somos los mismos que cuando nos conocimos. Y lo que no podría soportar, más allá de que cambies o te muestres ahora como si fueras otra, es que el recuerdo de aquel hotel cambie.

Sigues en el pasillo del hotel, en la puerta de la habitación, en ese momento en el que no abrías ni cerrabas, sigues dudando, sigues en la entrada al salón de aquella cena, en el escalón de los geranios, en las hamacas mojadas; sigues soñando junto al piano, sigues en el olor a sal —que escuece—, sigues allí, aquí, entonces, ahora. Sigues entrando al agua con el mismo miedo, apretando los dientes, apretando mis dedos, mordiéndote el labio. Sigues amagando el grito. Sigues sonriendo vergonzosa, callando, cogiendo la piña del camino de rocas, volviendo a tirarla al mar. Sigues en las palabras que escribo y en las que no. Sigues en el hotel. En la novela. Sigues en mí. En el recuerdo. Ese, pese a ti, permanece.

Mario

Querido Mario:

Me rindo.

A.

Querida A.:

Mis disculpas. No quería herirte con la novela y mucho menos rescatando aquel episodio tan importante. Pero ¿por qué perderlo? De verdad, Ana. De corazón. Por primera vez en mi vida era yo. Y ese «yo» me gustaba. Ese sentimiento es torpe, difícil de clasificar porque parece adolescente; aquellos días alteraron mi calendario lo bastante para que permanezcas todavía sobre mi cama y bajo mi techo.

Ana, en aquel momento cesó la hostilidad de mi vida, se murió el joven egoísta y mimado con ínfulas de escritor y nació este que lees. Miraba tu cara, ese gesto que solías poner de sonrisa y enfado, arrugando la nariz y sonriendo al mismo tiempo. Pruebo a imitarlo y no me sale. Y esa sonrisa rara que construías para mi asombro estaba en tus ojos. Pensaba: «Es fría, yo soy torpe; es efusiva, autoritaria e independiente; es indiferente al dolor como una serpiente que muda de piel. Yo soy alegre, me deslizo en la zona cómoda y escribo textos de otros. Ella me despierta, su indiferencia me protege de mis incertidumbres y jamás ensombrece su rostro. Me gusta».

Al final logré poco a poco parecerme a ti, pero el aire se tornó irrespirable cuando te fuiste.

Mario, tuyo

Querido Mario:

Me sorprende la nitidez de tus recuerdos a partir de aquel momento. Hoy te diré algo que negaré mañana:

Hazme el favor de no hacerte daño.

Te proteges y acabas la novela. ¿Vale?

No protestes: tienes una carrera por delante y no dejaré que te hunda mi jefa pidiéndote bobadas. Además, tienes un trabajo que te gusta. Escribe, eso ocupará tus tardes.

Cuando regreses literariamente a aquel lugar, aquel hotel de Mallorca, hazlo como personaje, no como autor. Ojo con lo cabronas que son las palabras, huye de las magas, de lo contrario acabarán con tu vitalidad.

La novela me da miedo, me jode que lo recuerdes.

No le diré nada a nadie, pero si quieres puedo acabarla yo. Me gustaría que le dieses un par de vueltas a mi propuesta.

Mi jefa, pobrecilla, sólo leerá el inicio y el final.

¿Qué me dices?

Tu editora

Querida Ana:

Sí, lo recuerdo. Si fuera un personaje, diría:

—Sí —dije—, es grave.

Lo susurré tan quedo que no me escuchó la máquina de escribir. A la mañana siguiente cogí los folios y recuperé la idea de aquel verano. Necesité unos minutos para respirar y sumergirme en la distancia. Me repetí la frase, primero lentamente, con un café, para activarme, y luego en voz alta. No podía seguir escribiendo la historia desde los kilómetros; miré las líneas mecanografiadas y seguí con la misma aplicación y buena voluntad que cuando escribo para otros. Y de pronto se alzó en mí el viento, me arrojé a la novela.

Me acordé de la habitación y pedí la misma, pero me dieron esta desde la que escribo. 212. Y seguí pensando a mi pesar: sabiendo que si despreciaba el sentimiento que nos había unido no iba a poder acabar la novela.

Ana, qué me aportaba la ficción. Sopesé su fuerza: había hecho una medieval, dos imitando a Austen —con bastante éxito—, otra con trama policial, la de tintes agathachristianos —no sé ni cómo pude— y la militar. ¡Militar! Menos mal que cada una la firmo con un nombre distinto. Sé que pueden achacarme complicados motivos psicológicos para justificar mis cambios, que pueden hacer estudios al respecto o pasar por mis estados de ánimo. Pero estaba a merced de los gustos. No estaba acostumbrado a meditar qué quería yo. Hasta que dijiste tú:

—La novela que más me gusta de ti eres tú.

Te miré violentamente, con dureza. Sabía que estabas indicándome que hablara desde la verdad, desde el amor, la muerte, la música. En aquella ocasión te besé.

No contesté, no siempre hay que responder. Habíamos acabado de cenar en aquella terraza larga de la balaustrada desde la que se ve la bahía de Formentor. Me hubiese gustado alargar aquella cena porque no cenamos. ¿Recuerdas? Ya sólo me compadecía del tiempo, veía el cielo de verano y me daba pena que pudiera acabar.

Pensé en nuestra escapada. El autor y la editora que se esconden en un hotel del norte de Mallorca. Yo tenía novia, tú debías volver con él.

Mario

Querido Mario:

¿Se supone que debo continuar yo? ¿Estás guardando las cartas y —como dijiste— acabarán en esta novela? Si es así, debería incluir mentiras. Pero ya no sé a quién respondo, ¿a ti o a los lectores?

Claro que yo tenía pareja. ¡Y tú! Lo sabíamos ambos. De hecho —hablo como editora—, lo que más me gusta de tu novela es que hayas hecho creer que nos conocimos allí. Si alguno cree ver un parecido, puede pensar que fue un *affaire*. Bah, una pequeña locura. No sé si estas cartas mejoran nuestra relación. Lo cierto es que no puedo mentir.

Ya no sé. Yo, la experta en el engaño, ha abandonado el puerto y navega por aguas turbulentas, con cielo plomizo y consciente del drama cuando se publique este texto. Quien dice drama dice fatalidad, comedia, tragedia o contratiempo.

Mi chico sabía que yo me había ido de descanso. Que estaba atorada con varios autores y que, tras el premio, estaba exhausta. Y con esa sonrisa tan suya de quietud y confianza decía: «Cuando regreses nos vamos a París, Ana, o a Roma... Algo urbano, para pasear y no hacer nada». Me sublevaba. Y no veía en él más que a un ser generoso e indiferente a los estados emocionales. A un autómata que, independientemente de mi situación, sólo adivinaba tristeza, cansancio o felicidad. Me repetía: «Es un chico bueno, un tipo estupendo, deportista, currante y que te quiere, ¿qué más pides, Ana? Estás loca, totalmente desorientada, y no sabes gestionar la normalidad, no sabes más que vivir en la marejada». Me sentía palidecer de vergüenza, le miraba y sus frases eran huecas como las de una novela de verano. Él me miraba con admiración.

Al final logré poco a poco escabullirme y actuar con frialdad. Suspenso en emociones.

Y, claro, estabas tú.

Ana

Querida Ana:

Me encantó tu tono lapidario aquella noche cuando te pregunté por tu vida.

No tengo pasado —dijiste divertida.

—Qué graciosa eres, Ana —protesté—. Todos tenemos pasado.

—No me negarás que no te gustaría que se borrara en este preciso momento, e incluso desordenar capítulos...

Te corté con tono cómplice:

—... Y escribir los que nos dé la gana, con una nueva edad, con físico diferente y con cualidades artísticas de nuestra elección.

Miraste hacia otro lado.

—Seguro que querrías seguir siendo escritor, ¿me equivoco?

Asentí para negar:

—Error —dije.

Te rebelaste.

—¿Cambiarías? —gritaste, asustando a las chicharras—. ¿De verdad? ¿Serías otra cosa? Pensé que escribir sería precisamente algo que no cambiarías de tu vida.

—Escribir es doloroso. No me gusta. Es una bicha que entra y me come. Y cuando entra, no deja nada, ni aire. La kriptonita del alma. Me da miedo que vuelva y no se vaya, que sea más fuerte. Pero cada vez que la venzo me hago más impermeable. Escribir es como ser los dos frentes de una batalla. Me gusta la gente que piensa poco.

—Pero... pensar poco no conviene.

—Supongo.

Se oyó el mar chocando en las rocas con más fuerza, como un invitado que quiere intervenir. Seguiste.

—... aunque entiendo lo que quieres decir.

—Sólo en horas muertas.

Hice mía la frase con absoluta convicción.

—Puede que tenga un tipo de inteligencia corriente, vulgar. Pero creo que si hoy empezara mi vida, la elegida sería otra cosa.

—Ahora dirás que vivirías en un faro, que te gustaría ser pianista, director de hotel, domador de circo, actor de musicales, maestro de escuela... ¿bombero?

Cierto tono de juego al despiste desprendía tu enumeración, sutil, por más que matizaras con gestos cada profesión. Sentí que me estabas sobrevalorando en lo poético.

—Sí, sí, todo eso me gusta... Estupendo... lo valoraré para otra vida. Pero no. En esta vida inventada que estamos eligiendo, no. Lo del faro y el piano para otra.

Te echaste a reír al verme fantasear con la inmortalidad y con la idea de tener, incluso, otra vida más, como si fuéramos gatos. Ninguno de los dos quería hablar de su vida y borramos las explicaciones. Estaba convencido de que no querías compartir esa parte y preferías proyectar una vida de abyección y desapego. Yo entendí desamor. Y comprendí que era un inicio. Que me dejabas hueco.

—No hay pasado.

—Por supuesto —admití, encogiéndome de hombros como si entrara en tu vida.

Ese gesto significaba: «Empezamos». No abrí la boca durante un rato, dejé sonar a las chicharras y al mar embravecido. Me levanté del suelo, estiré las piernas adormecidas y me apoyé en el muro de los geranios. Al romper una de las ramitas, me sorprendió el olor hasta entonces desconocido.

Miré hacia la fachada del hotel y me fijé en la luz de tu habitación. Creí que esa era la respuesta. Apenas habíamos hablado.

Mario

Querido Mario:

Lamento que aquella luz te confundiera. Sólo estaba encendida. Pensaste en alguien. Lo cierto es que ese «alguien» existía, pero no estaba allí. Te dije:

—Me he dejado la luz encendida. Me gustaría...

—No me des explicaciones. Ni siquiera me conoces.

—Tú tampoco te conoces.

—Sí que me conozco y empiezo a conocerte a ti. Escribo y tú me lees, pero eso no significa que yo sea lo que escribo, ni siquiera tú me conoces por lo que has leído. Escribir es como trabajar en una lavandería o en una gasolinera, me limito a dar un servicio.

—Eso no es verdad —repliqué de mal humor.

—No era de eso de lo que estábamos hablando, ¿verdad?

—Pero me parece una bobada lo que has dicho, y además sabes que los lectores acaban conociéndote por lo que te leen. Y tu editora, más. Los pensamientos, las frustraciones, los razonamientos, la selección de lugares comunes, el vocabulario, los nombres, las clases sociales, los fetiches, las manías de los personajes... Todo eso es como la letra de una canción, la música pertenece al lector y la letra la pones tú.

—Vaya lógica —dijiste mientras yo resoplé enfadada—. Es la explicación de un psicólogo, no de una editora, y además sabes que eso genera confusión.

—Creo que cada persona encuentra su propia manera de narrar. En fin. Me pregunto si el bar estará abierto.

Se escuchó un clic, nos quedamos mirando.

—Qué pasa —preguntaste—. ¿Qué ha sido eso?

—¡Mario! —exclamé.

El riego automático se había puesto en marcha. Busqué tu mano para que me sacaras de la lluvia que había empezado a calarnos por todos lados, los chorros de agua salieron disparados por todas partes, como una guerra, corrimos y, creyendo que estábamos en zona franca, un surtidor nos dio en la cara callando hasta las risas y una vergüenza que nunca había sentido y que había deseado nos provocó unas carcajadas nerviosas que debían de escucharse desde las habitaciones del hotel.

—¡Ana! ¡Sal de aquí! —me pediste.

—He perdido las sandalias... —dije, entre risotadas y comiéndome las sílabas porque tragaba agua.

Ana

Querida Ana:

Estabas llorando.

—¿Qué te pasa? —te pregunté.

—Puedes creer que es lo más divertido en años...

Apoyaste los codos en las rodillas y cogiste la frente con las manos, rendida por la risa y el pudor.

—Dame —dije tranquilamente—, dame tu mano. Quiero llevarte al mar.

—Prefiero subir a la habitación, debería cambiarme.

—No quiero dejarte subir.

Te acaricié el pelo mojado.

—De acuerdo.

—Vamos al mar.

El camino de piedras hasta la puerta fue quedando marcado con nuestras huellas. Me giré a verlas y supe que, como las cosas buenas, se difuminaban poco a poco.

Mario

Querido Mario:

No he vuelto a reírme tanto nunca. Qué putada, ¿no? No hacía falta utilizar argucias de conquistador, bastó con dejarse llevar por la hora del riego. O ¿sabías que iba a suceder y esperaste? Siempre me lo he preguntado... Qué retorcida, ¿no? Pero las mujeres como yo —no sé en qué tipología meterme— solemos comprarnos los regalos de Navidad nosotras.

Aquello se ha convertido, qué patética, en uno de los capítulos más divertidos de mi vida. Dirás, pues la próxima vez en lugar de llevarla al cine, la llevo a un parque y esperamos al riego. Nos quedamos de pie y nos calamos hasta los huesos.

Me río sola.

No sería lo mismo.

Ese es mi problema. Puedo corregir un texto, pero no sé corregir una vida. Menos la mía.

La gente espera que le pasen grandes cosas y suceden en los momentos más inesperados. Aquel día tuve la sensación de que estaba, por fin, en mi carretera, donde nadie me había llevado, como si antes hubiera estado caminando por secundarias y no me hubiera permitido ni ver el paisaje. No recordaba ni cómo había empezado. No recordaba nuestra conversación. No recordaba de qué forma extraña te hiciste el sueco con las sandalias y volviste a entrar a buscarlas como si fuera un secuestro, arrastrándote como los militares por el césped, calado, mojado, y las encontraste como quien se tropieza con un rehén. Te echaste boca arriba con mis sandalias y dijiste: «Entra». ¿Te acuerdas? Fue la risa continuada, tu cabeza erguida para mirarme, la forma de cogerme el pie y calzarme desde el suelo, con toda tu ropa mojada, yo chorreando, en plan príncipe de cuento ebrio y obsceno por el suelo. Luego te alargué el brazo, te cogiste de mi mano y fingiste que te ayudaba a levantarte.

—Gracias —dijiste.

—Gracias —respondí. Me miraste extrañado.

Miré en el espejo de mi vida como miro ahora, el cristal que muestra una larga y delgada figura de mujer seca, con hombros marcados y con un vestido de pliegues rectos que me llega casi hasta los tobillos. Similar al de entonces. Luego te miré a ti, esos ojos color avellana que rivalizaban contigo mismo. Detesto los ojos azules. Me dan miedo, ¿no te lo he dicho?

Deseé poder besar al chico que me había montado una guerra en el jardín con agua y darle mi vida.

Ana

P. D.: Si te gusta la frase, quédatela. Te servirá para alguna novelita de esas que haces por encargo.

Querida Ana:

No podía desabrocharte aquel vestido. Maldito botón de la espalda.

—¿Qué te pasa? —dijiste—. ¿No puedes?

Tu soberbia me puso muy burro. Abriste la boca para poder hablar, pero mi mente estaba ya demasiado lejos, donde los dos mezclábamos el barro, el agua y el sexo con temblor y ganas. Luché con la idea de levantarte el vestido y follarte; esperé a que el maldito botón se abriera y descubriera tu pecho en la playa, deslizándose por tus pezones, tu ombligo, tu sexo... Me dejé caer en la roca y sentí que desde ahí abajo, mirándote la cara, eras la mujer condescendiente y libre que me merecía. Caí en los oscuros besos de tus costillas como si ya fueran mías.

Era un escalofrío, miedo y atracción, dejaste caer los brazos a lo largo de tu cuerpo y tiré del vestido hacia la arena, sentí cómo movías los pies para sacártelo, pero yo fui incapaz de salir de tus pechos, mientras jugaba con mi mano entre tus piernas.

No decías nada.

Habría pasado mi vida allí. Temblaba.

—¿Qué te pasa? ¿Tienes frío? Si hace calor...

Hacía calor. El viento siseaba. Los pinos olían mezclándose con tu piel, ese peculiar sabor a sudor y perfume, a tela mojada. Quería que te desplomaras encima de mí, aparté el vestido, pensé: «Ya no importa». Las olas acompañaban mi respiración y te fundiste curvando la espalda con mis muslos tensos.

Temblabas violentamente. Habíamos perdido el control. Miedo, cansancio, ganas, deseo, sexo. Parecías acostumbrada a la incomodidad del mar y fingiste que estabas al borde del desmayo en mi pecho, todavía dentro. Te quejaste de mis toscas manos cuando te presionaba desde la espalda.

—Ay.

Dejaste caer la cabeza, sentí que querías besarme del revés, pero me sentía incapaz de seguir.

—¿Te duele?

—He dicho ay, no que pares.

Mario

P. D.: Puedes quedarte también la frase.

Querido Mario:

Tengo malas noticias. La jefa ha dicho que le envíes la novela. Necesita leerla ya. El plazo se adelanta para no competir con la salida del nuevo libro de Emmanuel Carrère. «Qué tendrá que ver», he pensado. Pero dice que es urgente y que como tienes firmada la próxima, que te comunique que debemos —«motivos editoriales», te dirá ella en una nota que debe de estar a punto de llegarte— llevar a cabo un importante cambio de fechas.

Tengo miedo por ti. No tienes acabada la novela, lo intuyo. Lo último que leyó es el borrador. Te sitúo: Ana y Mario (ya puedes ir cambiando los nombres) han salido del agua y se recuestan en las tumbonas del hotel bajo el firmamento. Él le acaba de preguntar, ¡en broma!, «cuándo nos escapamos».

Tu editora

Querida Ana:

Algo también importante: *Ella* qué ha contestado. Necesito saberlo.

Tu autor

Querido Mario:
URGENTE. Eso ha dicho.

Querida Ana:

No era esa la pregunta.

M.

Querido:

Al final no habrá novela. Esta mañana me han informado de los nuevos contratos. Sí, tenían apalabradas varias historias policiacas y se han quedado los derechos de una norteamericana que promete ser la bomba que venga a equilibrar los presupuestos. Debería haberme dado prisa —no por mí, sino por ti—, pero no me acostumbraba a perderte en cada punto final. Sé que he retrasado tu entrega y que nos hemos enredado con las cartas. Simplemente, he olvidado que era tu editora.

Los abogados han dicho que cobrarás el anticipo que falta y que eres libre.

Han venido, nos hemos reunido con la jefa y han zanjado el tema. Esta mañana todo ha sido así de sencillo. Sería inútil pelear, ni siquiera intentar enfrentarse a ellos.

De la novela dependía seguir hablando contigo. La pregunta es si seguiremos charlando, aunque no tengamos ya ningún plan de por medio. Había una novela y ya no la hay, ese será mi látigo durante los próximos meses. O dicho de otra manera: había un hombre y ya no lo hay. Una estrella fugaz en este maldito firmamento. Les he dicho que tenía una historia maravillosa, que deberíamos publicarla.

«El amor ya no se lleva», me han contestado.

Me han ofrecido guardar tu borrador y esperar a que los lectores vuelvan a verse reflejados en las relaciones sentimentales.

La jefa decide cuándo se ama. Qué curioso, ¿verdad? Hemos tenido una discusión por eso. Ella cree que no tendría que decírtelo. Sería subestimarte pensar que tú no podrás entender esto y que hubieras preferido cambiar el argumento.

No soy muy feliz hoy, amor, querido autor, Mario de mi vida; ya sé que tú dirás que soy una egoísta, pero después de tantas semanas escribiéndonos no estoy preparada para que esto acabe, tú lo sabes mejor que yo. Eres el dueño de la novela. Y hoy por hoy también de mi... ¿vida? Y eso que sólo fue una noche. Una noche que hemos alargado con palabras y un deseo que sigue vivo... Me costó asumirlo, pero es absurdo negarlo. Puedo mentir a todos, no a mí misma. Me veo exagerada, pero estoy desbordada por las emociones. El recuerdo debe haber arraigado bastante para que todavía estemos así. Lo que quiero decirte es que asumo que he sido una cobarde, que sigo con ÉL y que no nos hemos dado la oportunidad de un *nosotros*. No sé si nunca me lo perdonarás. Te entiendo. Es una rendición, literaria y sentimentalmente.

¿Qué derecho tengo a seguir manteniendo este hilo? ¿Quién ama más, el que escribe o el que lee? ¿Qué pasará con la novela?

Mario, acaba tú la novela. Hazlo solo. Sé que estas cartas ya forman parte del texto. Dime cómo acaba. Seguro que tú manejarás el futuro mejor que yo.

Quizá, si quieres, me gustaría verte algún día. Hablar contigo una sola vez.

Tus estrellas siguen brillando sobre mi cabeza.

TERCERA PARTE

LOS FINALES

Mario no pudo continuar leyendo. Se le atragantaron todas las palabras de la última carta. Sintió frío, como el que se siente a la salida de un tanatorio. Algo había muerto.

Ana se sentó en su habitación, desnuda, y esperó a que le subieran fruta desde recepción. A esas horas era lo único que le podían ofrecer, eso dijo el chico de turno con voz de haberse despertado. La noche había acabado. Le pareció una suerte haber vivido una relación de horas, así que siguió sus propias instrucciones al pie de la letra.

Como editora, sabía que hay capítulos que pueden eliminarse, eso haría. Borrar de la memoria aquella historia como quien vacía un sobre de azúcar en el café. Al desarrollar una novela, se pueden cambiar diálogos, por buenos que sean, y perder palabras que se escribieron con buena intención. En la vida resulta más complicado, pero se podría intentar.

En su nuevo orden, tras el desorden, imaginaba de nuevo su vida en Barcelona, en aquel piso de puertas acristaladas, el sofá de terciopelo turquesa, la mesa de café con libros amontonados, su viejo sillón de lectura con dibujos de Mariscal, el pasillo duplicado con espejos, el balcón interior con dos sillas de tijera pintadas de blanco, la habitación de las estrellas pegadas en el techo, las constelaciones fluorescentes, su firmamento. Ese mundo que parecía inamovible, pero que ya no sería igual bajo el mismo cielo, como si su cama hubiera cambiado de posición.

Volver.

Intentó recordar a qué olía su casa antes de todo, antes de que Mario inundara sus pensamientos y su piel. Qué particularidad había quedado entre esa mezcla de papeles subrayados, con tachones y marcas de celo, velas gastadas y plantas recién regadas que parecían hogar y que ahora echaba tanto de menos. Una casa solitaria con demasiados recuerdos y poca vida, vida paralizada, vida ficticia. Las plantas no hablan y las novelas que no publicaría se quedaban en el mismo plano de invalidez.

—Mario, Mario, Mario...

El letargo en el que estaba empadronada se había movido, y ese entumecimiento de hábitos grises había sufrido un terremoto emocional, todas las placas tectónicas de su cuerpo se habían desplazado, por lo que ahora tenía las juntas lastimadas. Felizmente dolorida.

Cuando estuviera de nuevo allí, en casa, volvería a fumar.

Mario se levantó, se estiró y cogió el bañador que estaba colgado del pomo de la puerta del balcón. La habitación estaba fría como un témpano. Seguro que las chicas del servicio habían vuelto a conectar por error el aire acondicionado, o había cambiado el turno y las nuevas habrían cumplido con las normas. Era el detalle de menor importancia de todas sus emociones, había pasado la mejor noche de su vida. Dicho así sonaba fuerte, grave, casi violento, anulando de un plumazo todas las noches anteriores como si no sirvieran.

Las palabras son armas que matan, que adulan, que definen y que destrozan: la mejor noche de su vida estalló en su cabeza desordenando vocales y consonantes.

Salió a la terraza a mirar el cielo, todavía estrellado. Mario se quedó así, paralizado, herido por la posibilidad. Miró. Todas las constelaciones estaban en el escenario con los papeles del guion en la mano preparadas para el final. Apartó la vista del horizonte difuso, negro.

¿En qué se supone que debería estar pensando?

Mario conectó la música para que las estrellas se familiarizasen con la melodía. Pero, al parecer, aquella noche, en aquel preciso momento, estaban cansadas a la espera del día.

Excepto la Estrella Polar, que parecía parpadear con ilusión, el resto brillaban ligeramente, como adormecidas.

¿Relajadas?

Mario era un hombre joven y fuerte, alto como los protagonistas de las novelas victorianas, desgarbado, mechón rebelde y de huesos marcados, el chico que ha dejado de serlo y empieza a manejarse a su pesar por el usted. Estiró la mano hacia el cielo queriendo tocarlas como cuando era niño. La Polar le guiñó un ojo y despertó a todas las demás. Al cabo de un momento, el firmamento brilló como una orquesta para él solo. O no.

Se sabía la canción de memoria.

Empezaba a amanecer.

Ana salió al balcón poco después de escuchar a un animal, era un gato que saltaba de terraza en terraza. Cogió una manzana de la mesa y la miró sintiéndose Eva, sin cambiar un ápice su expresión desencantada.

«Me gustaría tener las vidas de un gato», pensó.

El gato se giró, mirándola, clavando las pupilas como carbones brillantes en ella, la señorita Monteleón.

Ana miró el cielo como si fuera un decorado artificial. Le gustaba creer que esto no era más que una extensión de su habitación de Barcelona, aquella en la que se sentía segura, pequeña y protegida. Necesitó creerlo. Debió creerlo porque desnuda, bajo la Osa Menor, inspiró una nueva felicidad. Los sueños se parecen.

Si esto es la vida real, habrá que retomarla donde la dejé. Aunque no haya nadie.

Por lo menos esta vez había amado, se dijo.

Se acercó a la barandilla y miró hacia las tumbonas donde las plantas no dejaban ver el final del camino, allí donde las gotas saladas de sudor y las del mar se mezclaron con las de Mario.

Es cierto que había sido increíble, ¡sobre todo por efímero! Bien mirado, era preferible así. Seguramente no volvería a pasar. *Aunque no haya nadie.*

Se zambulló en el agua de sus pensamientos, luchó otra vez con los peces, reconquistó los placeres del sexo con Mario, del agua, de la piel extraña, de los arañazos involuntarios, la lengua ávida, las caderas firmes, las rodillas temblorosas, el orgasmo repetido. Recordaba el olor de la tierra mojada, la forma redondeada de los hombros fuertes, su plenitud en las manos, el crujido de las piñas, el sudor entre los dedos, la dureza de su sexo salado en la boca.

Desde la distancia de las horas, el cielo irradiaba en ella, además, un halo de paz. Era curioso: había vivido. Nunca había conocido tal cosa, era demasiado correcta, cero impulsiva. Si llegaba al corazón de alguien era por descuido. ¿Dónde había leído eso? Enfrente estaba el mar, sin azul y con sonido. Le hubiera gustado que fuera al revés, ver el color turquesa y olvidar las olas voceando. Pero la noche manda.

Ahora no está aquí y empiezo a preguntarme qué hará en su habitación. Qué hará mañana. Quizá quisiera bajar otra vez a la arena. O está ya esperando en las rocas, haciendo lazos con las hojas de los pinos, nudos, a que llegue. ¿Qué desea de mí? No lo pienses. Ya está. Deja de pensar. «Será mejor que entres en la habitación», dijo. Se volvió, dando la espalda al ventanal.

No abrió la boca. El cielo sí se había movido.

Miró admirativamente los árboles, el bosquecillo que hacía de jardín y de tejido frondoso para tapar la aséptica fachada donde se había perdido el argumento de su sexualidad aburrida. Y quizá del amor. Quizá también estaba enamorada de Mario. Eran emociones que hacía tiempo no experimentaba, que ni siquiera pensaba volver a tener y, por lo tanto, las había olvidado. Se puso la mano sobre el sexo desnudo, introduciendo el anular entre los labios aún hinchados, suavemente, rozando con la yema el interior. Se conocía bien.

El mar sonó otra vez en el silencio.

Mario sonrió levemente en su balcón, no pensaba en Ana, pensaba en él sin Ana. Chasqueó los dedos para quitarse los pensamientos como quien espanta un mosquito. Se sentó en la repisa de la ventana de su habitación distraído y ausente. A Mario no se le ocurrió qué sería de él, ya no era él, era otro. La respiración se volvió agitada, como el mar.

Ahora su cara estaba en la misma altura que Ana, justo con la constelación de Orión, o al menos eso pensó. Arqueó la espalda, estaba desnudo, respiró hondo tragándose el oxígeno que se iba a su sexo. Alguna vez debió de ser así, su piel arrancaba líneas ascendentes y se tensaban al apretar el puño. Esperó a que los pensamientos dirigieran las ganas.

Mario se corrió. Permaneció tumbado boca arriba en la terraza, atento al ruido suave de las ramas de los pinos que chocaban ya más suavemente. Se dio la vuelta y se quedó dormido.

La noche sería interminable en las novelas, en la realidad amaneció.

El cuerpo de Ana reconocía las huellas de Mario como suyas. Le extrañó lo mucho que olía a él aún después de la ducha y del barniz de cremas. Se besó el hombro y recorrió con su barbilla la piel como si aún estuviera pegada a él, con menos fogosidad pero las mismas caricias. Todo había sido. Observó el espejo. Pero era ella. Sola. Tenía los pezones prietos, arrugados con vigor, las orejas sin pendientes, como las jóvenes ninfas, tostada y más pelirroja por el sol. Se encogió de hombros como respuesta a todo lo que estaba pensando. Dio media vuelta. Al volver a cruzarse con su reflejo en el armario, abrió la boca, dejó caer una sonrisa, sorprendida, temblorosa por la vergüenza de sentirse rara, pero bien.

Se sentó suavemente en la cama apenas deshecha. Estaba empapada de agua, podría haber sido sudor, el que mezcla remordimientos y deseo. Abrió sus piernas, notaba que era más obscena su mirada, incluso la forma de subirse las bragas. Tal vez por eso paró en los muslos, como si haberse entregado a él se acabara en ese momento de cierre textil. Era incapaz de asumir que había un marido en Barcelona esperándola. Pero esa era la realidad. Bajó los ojos a su ombligo, contrajo su interior fantaseando con otra noche como aquella. Cerró las piernas. De pronto notaba que se volvía pudorosa, pero era incapaz de imaginar otro sexo.

Levantó la vista hacia la ventana, donde el sol ya golpeaba con fuerza creando arcoíris en el suelo con los cristales de la mesa. Lo principal sería volver, regresar a Barcelona, a su casa, quedar con Carles, mostrarse cariñosa, más solícita que nunca, olvidar el olor de Mario, sus manos, el peso de su cuerpo en su espalda, la satisfacción de sentirse cerda... Se imaginaba regresando a la cama de l'Eixample, cerrando los ojos ante lo mismo, al arrullo aburrido de los pájaros del patio interior, al paisaje de sábanas idénticas y a la cama de siempre convertida en ajena.

Ana apretó la maleta, cerró la hebilla y dio un último repaso a la habitación. Abrió la puerta.

—Perdón.

—Disculpe, la he asustado —dijo la chica del carrito de sábanas y toallas.

—Es culpa mía, no he dormido bien.

—¿Algún problema?

—Ya no. No podía conciliar el sueño. Todo perfecto.

—¿Abandona ya el hotel?

—Sí —contestó mientras notaba la uña de su pulgar clavándose en la pierna—. Toca irse. Me ha sentado muy bien.

—Nos alegramos. Buena vuelta, hasta la próxima.

—¿Dejo abierto?

—No, no se preocupe. Empezamos por las habitaciones del fondo.

Ana asintió con una leve mirada al final del pasillo. Mario estaba saliendo y arrastraba una toalla de playa.

Se miraron el uno al otro. Mario con bañador y camisa abierta azul como si fuera un *playboy* y Ana de pie con una carta donde había anotado unas últimas palabras para entregársela.

Mario señaló el reloj y sonrió, desarmado.

—Buenos días, señor —dijo la chica, arrastrando el carrito.

—Hola, buenos días —respondió, sin dejar de mirar a Ana.

Mario intentó distinguir a la mujer de la que se había enamorado, pero no pudo.

—Hola —saludó Ana fríamente—. Buenos días.

—¿Te marchas?

—Sí. Me están esperando... —Y tosió.

—¿Frío? —le preguntó Mario.

—No.

—Ha sido una noche de bochorno, tal vez eso. El vaivén de temperaturas... Calor y frío... y este viento de la bahía.

—Será eso.

La empleada del hotel desapareció en una de las habitaciones, en ese momento Mario aprovechó para ser más cálido cogiéndole la muñeca.

—Me gustaría verte otra vez, Ana —dijo Mario con resolución.

—No puede ser —contestó, esterilizando cada palabra—. Pero tal vez coincidamos en otro momento. Sabes que estoy casada. No cabe la fantasía. Ni la fábula.

—Detesto a ese remilgado.

—Ni le conoces.

—Me lo imagino.

—Soy su mujer.

—Eres un capricho y nada más.

—¿Tuyo o de él?

Miró a Ana con distancia.

—No jodas, Ana, sabes que...

—No podemos inventarnos finales.

—Pensé que podrías, eres editora. La mayoría de la gente se deja llevar, nosotros podemos cambiar el rumbo de la historia.

—Pero eso es ficción, querido escritor. Esto es realidad. Que se parece, que es más digna, que puede gustarnos más... Yo qué sé. Mil cosas. Pero no está en mi mano y si lo está, es jodidamente difícil.

Mario se echó a reír. Hubo un silencio. Luego se oyó a la asistenta salir al pasillo y volver a colarse en otra habitación de la que salía un chico rubio. Mario entonces soltó el brazo de Ana. Esperaron a que pasara.

—¿Podrás llamarme?

—¿Desde casa, Mario? ¿Desde casa? Estás loco.

—Sólo si quieres...

—No lo sé. No.

—Y entonces... ¿por qué esta noche...? —le preguntó él.

—Porque el vino era fantástico... y porque me pareces encantador, nada más.

—¿Nada más?

—¿Por qué me lo preguntas? ¿Crees que hay algo más?

—Sí.

—¿Yo? Yo no siento nada.

—¿Tampoco sientes nada... así?

La besó.

Ana tragó saliva.

Al sentir sus labios, recordó enseguida esos otros momentos, esa misma noche, en la orilla. Ella lo miró seria. Y a Mario no le quedó más remedio que dar marcha atrás.

—No te ha gustado... ¿ya no?

—Pero... ¿por qué me preguntas eso?

—Porque nunca respondes.

—... pero si estoy casada con Carles...

—Nadie lo diría.

—Vete a la mierda.

Qué silencio.

Ella quiso reaccionar, pero de su boca no salió sonido alguno. En el fondo, nombrar a Carles era hacerlo real, cuando ya ni lo era en la vida cotidiana. Su vida en común era invisible, como si no existieran. Se llamaban, se ponían mensajes y hablaban en la cena. Apenas deshacían la cama. Siempre hecha, siempre intacta por el centro. A Mario le sorprendió que mencionara así a su marido. Sí, estaba casada. Su matrimonio debía de ser un aburrimiento, un embalse seco por el que no pasean las barcas, pero era esposa. Ana, entumecida, apretó el tirador de la maleta y sintió que se le clavaban las uñas en la palma de la mano. ¿Es que bastaba con decir adiós? No estaba preparada para recuperar en una noche años y años de deseo perdido.

—Lo siento —dijo Ana.

El rechazo de ella le había dado más ganas a Mario de hacerle el amor y de hacerlo incluso con cierta ferocidad.

—Podrás llamarme en algún hueco.

—No.

—¿Ah, no? ¿Nunca?

Permanecieron en silencio un buen rato. Un tiempo para respirar varias veces.

—¿No siempre estarás vigilada por él, supongo? —terminó por añadir Mario.

Ana suspiró:

—Error.

—¿Por qué?

Ana no encontraba la palabra adecuada, la réplica ingeniosa, ni la mala leche para salir del paso. No sabía qué decir, estaba anestesiada. Ese tiempo ahogado duró un rato todavía, como si tuviera miedo a desactivar la bomba. Trató de ser desenvuelta y recurrió al tópico para no ser ella. Sólo palabras afectadas y ampulosas:

—Crees que voy a crear una vida paralela en la que te haga hueco. Eso no. Jamás. Así que me voy a marchar... Déjame pasar... No por ti, por mí. No soy lo que estás buscando.

—Tendrías que saber qué estoy buscando, ni lo he dicho —soltó Mario.

Ana apretó los labios para callar, con electricidad en la sangre, temblándole la mano en la maleta que esperaba a su lado como un vigilante de otra vida más sobria, más aburrida, más formal. *No siempre se puede andar con precaución.* Mario se giró, arrancó un trozo de papel de los folletos de la isla y escribió con mala letra su número.

—¿Y?

Por primera vez, Ana vio cómo apretaba el bolígrafo sobre el papel satinado de una hoja de publicidad, intentando marcar con fuerza cada cifra; después sintió un placer extraordinario al guardarse el teléfono en su bolso. Parecía mentira.

La novela de su vida estaba escrita con nueve números.

Ana arrastró su maleta por el pasillo hasta el ascensor y tocó el botón varias veces hasta iluminarlo. Mario se colgó la toalla en el cuello y su perfume inundó la despedida. Se quedó de pie, apoyando una mano en el mueble recibidor y otra en la cadera. Tuvo que fruncir el ceño para evitar la despedida. No se había fijado en la carta que ella aguantaba en la mano como un abanico sin abrir. Era un sobre de hotel, con el nombre de Mario escrito con tinta azul.

—Toma. Olvidaba darte esto. Léelo más tarde.

Al abrirse la puerta, Ana entró en el ascensor y él se quedó con las dos manos agarrando el sobre como una bandeja, como si un notario le hubiera entregado las últimas voluntades de su amor. Se miraron. Los ojos de Mario se encontraron con los de Ana un instante, como un eclipse. La cara de Ana fue apagándose con la puerta corrediza hasta ocultarla como una luna nueva. En el pantalón y en su pecho bombeó el corazón con la misma fuerza del mar.

—Cuídate —dijo ya sin obtener respuesta.

Cuídate, musitó ella desde dentro.

La puerta los separó y Mario apartó la vista de su imagen reflejada en el metal. Pensó que tenía que ser así, sin un último beso, ni abrazo, ni siquiera apretón de manos. Luego vio cómo el número rojo marcaba la planta baja y escuchó alejarse las ruedas de la maleta por recepción. En aquel momento pensó que la vida se queda siempre con los mejores capítulos, que nos los roba a mano armada y que algún editor rehúsa publicar la mejor parte de las historias que nos tocaría haber vivido.

Los nuevos turistas atravesaban el vestíbulo del hotel en dirección a los ventanales donde el mar quedaba hermosamente enmarcado entre cortinas blancas. Había mucha mezcla de idiomas, el carrito de maletas del botones frenaba frente a los ascensores con nuevos equipajes. Ana apretó los labios y se puso las gafas de sol. No quería saludar a nadie, excepto a la chica que estaba organizando su factura, un hola, un adiós, nada más que concretar en la despedida. Ana se dio la vuelta hacia la puerta principal. Había escuchado su nombre y no reconocía la voz.

Un hombre joven la miró y atravesó la multitud hacia ella.

—Carles no ha podido venir —le dijo, intentando ayudarla con la maleta—. Hola. Soy Joan, su socio en la isla.

—¿No?

Ahí estaba el enviado por el señor Monteleón y Ana no dejó que cogiera el equipaje. Él sonrió de manera forzada para evitar la tensión.

—¿Es usted Ana Monteleón? —preguntó al ver que ella se negaba a que le cogiera la maleta.

—Sí.

—Pensé que me había equivocado. El señor me había dicho que viniera a por usted y que la ayudara con el equipaje. Y también me pidió que pagara la cuenta de su estancia en el hotel.

—¿Todo eso ha dicho que hagas?

—Sí —contestó él, sonriendo—..., pues sí, me dijo que viniera y le hiciera más confortable la vuelta.

—Y eso, qué incluye.

—No la entiendo.

Ana dejó su pasaporte abierto en el mostrador y buscó en la cartera la tarjeta para pagar.

—El señor dice que...

—... El señor dice, el señor dice... ¿Y qué digo yo? ¿Qué quieres que diga?

—Lo siento, señora.

—Disculpa.

Ana se tragó el orgullo.

—Si quiere que le llame —dijo él, forzando una sonrisa—, pues le llamo y hablan. Según me explicó, estaba de viaje y no podía venir.

—No podía, te dijo —paró en seco—. ¿Sabes que nunca puede? ¿Sabes que este viaje a Formentor era por mi cumpleaños?

—No, señora. No lo sé.

—¿Sabes que debía haber venido hace dos días y que en esos dos días ha cambiado todo?

—Puedo...

—Luego le llamas. Dile que estoy bien, que me has recogido y que hacía muy buen tiempo en la isla. Muchísimo sol. Dile que el mar estaba a la temperatura ideal. Perfecta. También puedes pagar —añadió, y se marchó a la puerta en busca de un cigarrillo. El chico no abrió la boca.

Ana dejó el bolso en el macetero de la entrada y buscó con la mirada a algún turista que estuviera fumando. Un hombre rubio, con el pelo todavía mojado e intensos ojos azules, acababa de encender un cigarrillo. Se movía con gestos pausados y parecía solitario. Ana se dio cuenta de que nunca se había acostado con alguien así. Cómo podía pasársele eso por la cabeza. No parecía la misma, tenía pensamientos diferentes. Era la primera vez desde hacía años que no sabía a dónde ir. Una mujer joven, guapa. En un hotel. Con vaqueros ceñidos y un lío en la cabeza del tamaño de la bahía. Zapatos planos, elegantes. Una pequeña bolsa de viaje. Un pañuelo aguamarina en el cuello.

El pelo suelto y un mechón que se mete en los ojos. No se lo aparta, así puede disimular la lágrima. Está rara. Sus ojos se humedecen. Nota la presión del cuerpo y de la incertidumbre, le entran ganas de soltar la bolsa y...

En los ojos azules de aquel extranjero —intuía que era extranjero— se vio reflejada como en la piscina del hotel. Le sonaba de tropezárselo en algún momento por la cafetería. Para variar, un rubio de esos que pasean con bañador turbo. Podría ser él u otro. Ana se quedó mirándole y el rubio mantuvo la mirada.

Ana observó el cigarrillo que estaba fumando y sintió el calor de la brasa en su pecho y en la boca, en los dedos de los pies; un montón de ideas se encendieron en ella acelerando la sangre y los pensamientos. Antes de que él se presentara y abriera la cajetilla para pasarle uno, supo que podría acostarse inmediatamente con él. Era hermoso. Y no se parecía a ninguno. ¿Cómo era aquello de la mancha de mora?

—¿Un cigarrillo? —le dijo, tendiéndole el paquete.

—Muchas gracias. Lo necesitaba.

Lo encendió con una cerilla que llenó el aire de olor a madera quemada. Ana se acercó a su mano morena de vello rubio, formando una cueva para mantener la llama viva mientras ella aspiraba una bocanada de tabaco. Era nueva. La sensación y ella. Ambas.

—¿Es la primera vez que viene a este hotel? —preguntó Ana, pegándose a la pared.

El rubio la miró.

—Sí, es la primera vez.

—Pensé que nos habíamos visto por los pasillos...

—He llegado hoy... ¿Qué tal está?

—¿Que qué tal está? —repitió, intentando adivinar el acento que se mezclaba con el humo—. Es un sitio estupendo, un lugar escondido del mundo, aquí todo parece sacado de una novela.

—Y... ¿usted?

—Yo muy bien. Con menos años que el hotel —bromeó nerviosa.

Se sentía excitada al hablar, eufórica y extraña. El rubio no entendió sus palabras, fumó una calada honda y tiró el humo hacia arriba.

—Entonces se supone que aquí me pasarán cosas de novela... —preguntó el desconocido, consciente de la cercanía que ella inconscientemente generaba.

Ana se rio. Ella sabía cómo poner puntos y aparte, puntos finales, entrecomillar y tachar párrafos de historias ajenas. La suya la dominaba menos, le parecía una locura todo lo que estaba pensando. Incluso escucharse le parecía insólito.

—Pareces holandés —dijo.

—Soy de Zúrich.

—Y... joven.

—Tengo veintisiete años —contestó, abriendo mucho los ojos azules—. ¿Pueden pasarme cosas a esta edad?

—Por un momento pensé que eras menor.

—¿Es malo parecer menor?

—Depende.

El chico encargado de pagar la cuenta y devolverla a la ciudad estaba en la cola, esperando su turno como un huésped. Había cambiado su rostro de ilusión por la preocupación de sentirse observado y valorado por la señora de su jefe. Temía la reprimenda de uno y otro.

—Así que eres de Zúrich —dijo Ana, acostumbrándose de nuevo al humo en su boca.

—¿Lo conoces?

—Me gusta. Fui una vez. Sentía curiosidad por el Cabaret Voltaire, lo visité y aproveché para pasar el fin de semana en la ciudad. Creo que me alojé en el hotel Marta, no estaba muy lejos del río...

—Vivo muy cerca. Estás invitada a volver.

—Oh, no malgastes las invitaciones con mujeres mayores.

—¿Mayores?

El rubio se rio. Ana sintió una emocionante atracción hacia su boca. Tenía los labios gruesos, los dientes exageradamente blancos y una nariz grande, segura en medio de la cara ligeramente bronceada en un universo de pecas. Llevaba un pantalón corto, tipo tenista, y una camisa de lino azul abierta y arremangada hasta los codos. En el reflejo del cristal de la puerta donde se miró presumida se le veía la nuca afeitada como un militar y el color de la tela parecía más níveo por el juego de sol.

Ana comprobó que llevaba el pelo bien.

—Y... ¿acabas de llegar a Formentor? —preguntó, retirándose el flequillo.

—Llegué hoy y mañana vuelvo. Es un día nada más.

Ana sólo miraba sus ojos azules, quedaban muy por encima de ella. El humo a veces los velaba como esos amaneceres mediterráneos en los que el sol fuerza su presencia tras las nubes; intuyó que no significaba nada, que era un chaval con vida propia, un experimentado canalla con viajes en la mochila. ¿Qué hacía allí? Era un hotel caro, pensó. Tendrá pareja. Se dio cuenta de que estaba fantaseando como una adolescente desorientada. Pero era incapaz de dejar de fabular. Maldita edición. En otro tiempo, en otro lugar. Pero el tabaco la estaba devolviendo a sus inicios, a los días en los que se coqueteaba con éxito en la universidad.

Los turistas que esperaban fueron subiendo al autobús y cerraron las puertas de los maleteros. Y, de pronto, Ana se vio pegada al joven, como empujada por el grupo de perfectos señores y señoras que iban despidiéndose.

—¿Te vas mañana, decías?

—Sí. Una pena. Es sólo una noche. Reunión y vuelta.

—No es un sitio fácil para reunirse...

—La empresa quería llamar la atención. Es lo que suele pasar con las fusiones...

Los veraneantes que acababan de llegar a la puerta depositaron varias maletas en el suelo y ambos sonrieron. Ana apuró el cigarrillo. «Fusiones», pensó. Sintió que quedaba atrapada con el rubio de ojos azules en una nueva frontera de equipajes, como si en ese rincón donde se habían quedado refugiados todo estuviese permitido, hasta fingir otra nacionalidad. Y otra vida.

Miró al *hall* donde el enviado de su marido estaba haciendo el *check-out*, una cola de gente que llega, que se va, que paga y que sonríe. Tal vez se debería ir con él, despedirse del rubio y agarrarse a la soga que le lanzaba el tal Joan desde recepción. La antigua Ana no hubiera vuelto a fumar, ni siquiera hubiera replicado a un empleado de la empresa de su marido que pudiera servir de nuncio de chismes. Ana apartó la vista de Joan, que mantenía la rigidez de alguien se que siente obligado, y volvió la mirada hacia su hombre de Zúrich.

—No me has dicho cómo te llamas.

¿Por qué había preguntado eso?

—Markus. Markus Werner.

—¿Como el escritor?

—Debe de ser muy conocido, es la segunda vez que me lo dicen. ¿Quieres otro? —respondió, alargando la cajetilla.

—No debería.

No debería.

Se quedó así, mirando la mano que aguantaba el tabaco; volvió a fijarse en los nudillos anchos, la piel dorada sin vello ni anillos, las uñas grandes, casi blancas, como cuando se miran bajo el agua del mar, y el reloj marcando la hora de irse. Ana pensó que no debería fumar ni tampoco estar allí, pero era distinta. Era como volver a empezar.

Sería Ana en otro lugar. Markus esperó con la mano extendida. Cuando estaba a punto de retirarla, Ana cogió la cajetilla, y también la mano fuerte, tersa y enérgica de él. Pensó que la apretaba. Sintió el aire caliente por su espalda y dulce en la cara. Oía el rumor de los turistas. El motor del autobús. Las pisadas. El latido en su pecho. Sintió que podía lanzarse, seguir con su mano por el antebrazo hasta el pecho abierto. Y quizá Markus ya lo sabía también en ese momento.

Markus sonrió.

—Sube a la 210. Es mi habitación. Aquí hace mucho calor.

Ella asintió mansamente, como si no tuviera otro destino. Lo vio alejarse entre la gente, colarse en la recepción y girar hacia las escaleras. Trazó un cero con el humo, tiró la colilla tras el macetero y se coló en el *hall* tras él. Todos los sistemas de contención se vinieron abajo —¿hace falta decirlo?— a la hora de empezar a andar. Temblaba de excitación y remordimiento, no sabía qué cara poner y se cubrió con las gafas de sol. Caminó como quien deambula por el cementerio, sintiéndose más viva, apoderada de la adolescencia, contra sus principios, a favor del viento que soplaba en su espalda. Se sumó al nerviosismo un sentimiento de orgullo, de complicidad con la victoria, de éxito.

Ana se sentía peligrosamente hábil, como siempre había deseado ser, capaz.

Temía que pudieran leer en su rostro la impronta del ardor, de la borrachera que genera el placer en la comisura, en las manos nerviosas, en la fiebre que palpitaba en su pecho. Pasó junto a Joan y aceleró el paso. Tenía preparada una buena excusa para volver a subir a las habitaciones. Así cruzó, atenta al ritmo de su respiración, al temblor de sus dedos. La imagen del cuerpo de Markus desnudo se iba formando en su imaginación.

El corazón enloqueció al acercarse a la 210. Apretó los párpados para relajarse, se secó el sudor del pecho con la mano y se retiró las greñas de la cara, desafiante ante su miedo. Empezó a latir con violencia.

Entonces Markus abrió la puerta, como si supiera que ella estaba ya allí.

—Pasa.

Cerró la puerta y la intensidad del vacío se apoderó de aquella habitación y de su cuerpo. Aceptó una copa y el calor se adueñó de sus tripas. Aunque no volviera a amar a nadie, volvía a sentirse deseada por segunda vez en veinticuatro horas. En aquel momento desapareció el tiempo y el espacio, sólo quedaba la figura de una mujer agitada, fingiendo serenidad ante un rubio de manos grandes. La mirada de Markus se posó sobre su pecho, suplicó que empezara ya y volvió a apretar los párpados para no verle su azul. La cogió del brazo y se puso pálida. Miraba su boca, turgente de apetito, tan cercana. Luego comenzó el cortejo animal: se quitó la camisa y el cuerpo macerado por el deporte y la juventud iluminó el deseo más bajo. Lo encontró soberbio. Era ancho y musculoso. Se tumbó boca arriba en la cama y tiró de ella.

—Espera.

Markus la miró sorprendida.

—¿Qué pasa? ¿Algo va mal? —preguntó.

Ana negó con la cabeza.

Entonces, el olor de los pinos entró en la habitación inundándolo todo, súbitamente se vio arrancada de aquella sala, se le congeló la sonrisa y se le humedecieron los ojos, de torpeza, de vergüenza. El mar entró de lleno con toda la sal en el ambiente, el olor de la madera mojada, de las rocas, de los geranios... Exhaló un gemido, volvió la mirada al balcón y apretó los puños violentamente en sus bolsillos.

—¿Qué pasa, Ana?

Se volvió hacia él y lo miró, totalmente desnudo. Permaneció inmóvil, con los ojos entreabiertos y el corazón en suspenso.

Se acordó de la arena, del sexo, de las estrellas, del agua, la charla..., y todo batió en el pecho dejándole unas ganas de vomitar en la garganta. Entró al baño y lloró por todo, desde adolescente, por la madre, su hermano, el colegio, la frustración y los deseos no cumplidos. Por un momento sintió que el cuerpo se le podía hacer añicos, pensó en quedarse allí, subrayar el final, los finales. Se volvió hacia la puerta y notó en el espejo que era otra.

Era sólo parecida a la que llegó, pensó, no la misma, pero no era peor; y mientras miraba su cara, que recuperaba el color, tuvo la sensación de que ya había visto ese gesto alguna vez. Conocía sus facciones, los pómulos bien moldeados, la nariz pequeña, las pestañas fuertes, los ojos avellana y verde, el cuello largo y las clavículas firmes, la frente alta y proyectada en sus pequeñas orejas y los hoyuelos que aparecieron con simpatía. Era ella, Ana. En aquel momento en el que se vio, supo que algo había cambiado, sí, pero mejor: había vuelto la Ana de la universidad, la que desprendía luz y desaparecía por las noches de risas con otros chicos. Ana se escuchó en su interior, balbuceó su nombre recuperando su aliento y se mojó el pelo haciéndose de nuevo una coleta.

Como si renunciase a su vida, salió de la habitación y corrió escaleras abajo.

¿Quién soy? Por favor, no te rías. Tal vez era cierto. ¿Cómo se te ha podido ocurrir, Ana?

Hablaba en voz baja. Comprendió que el firmamento, hábil, a veces se sitúa en la posición de los cuerpos y le recorrió un leve estremecimiento; luego su corazón cambió de ritmo, entendió que todo había cambiado, sí, pero no para volver atrás.

Regresó hacia la recepción y buscó entre la gente a Joan, el encargado de llevársela a la vida pasada. Cruzó el vestíbulo hasta el mostrador. Pasó junto a gente que iniciaba sus vacaciones, otros que se marchaban, sintió ese *impasse* de no saber a qué grupo pertenecía. Sonrió para sí. En el ventanal el mar se mostró azul, más que nunca, como si esperara el momento de volverla a ver. Oyó la voz de Joan. Iba hacia ella. Se había quedado esperando en los sillones del fondo, junto a las fotografías de Churchill y Rainiero. Y quizá él ya sabía la respuesta en aquel momento.

—No regreso. Díselo —contestó firme y ausente.

El chico arrugó la nariz y cogió su bolsa. No dijo nada. Salió tranquilo hacia la puerta donde le esperaba un coche negro. Levantó la mano a modo de fría despedida.

—De acuerdo, señora.

Y la soledad más esperada barrió la mente. «Ya está», se dijo. Y como una voz interior que aplaca emociones, alzó la cabeza y miró en derredor buscando alguna cara conocida.

El chico de las toallas la saludó y Ana preguntó:

—¿Hace día de playa?

Sonrió como respuesta. Salió a la balconada donde sonaba el piano y, al cruzar el umbral, sintió el aire fresco de los pinos que aplaudían con sus ramas.

—¿Necesita toalla?

—No. No necesito nada.

Miró hacia la escalinata del pinar, rendida y nueva. La piscina estaba semioculta entre las buganvillas, la terraza de los martinis mojada por las pisadas de los bañistas, un hombre leyendo el periódico, una pareja brindando, el camarero con la bandeja cargada de copas hacia los sillones de la zona de sombra donde esperaba un grupo vestido de blanco y azul, parecía una celebración. Una botella de agua con gas volcó y las burbujas mojaron los tobillos de Ana. Y de frente a ella, todo el mar.

De repente, el mar.

Ana sonrió: aquella figura del pantalán era Mario lanzándose al agua.

Se quedó allí un rato, mirando por encima de los pinos. Quiso contemplar al hombre diminuto que había cambiado los tamaños de sus inquietudes. Ana no sabía quién era, pero era distinta. Era como volver a ver las estrellas por primera vez, a sentir un firmamento para ella, dibujado en su cielo de posibilidades.

—¿Cómo está, señora? —le preguntó el director del hotel.

—¿«Feliz» es mucho decir?

—Mucho y muy bien. Este lugar da vida.

—No se lo imagina...

—¿Piensa volver?

Ana se volvió hacia el director y contestó:

—Deme un minuto y se lo digo...

Bruscamente le entraron ganas de reír. Le temblaban las manos. Ana parecía arrollada por la felicidad, impulsada por ella. No había nada que meditar, al fin y al cabo ya estaba escrita su novela. Se inclinó hacia delante y necesitó del mar.

—Aproveche, el agua está esperándola.

—Sí —dijo.

Volvió la cabeza para disimular su satisfacción, la esperanza que incluían dos letras. Aceleró el paso hacia el *hall*, bajó las escaleras, cruzó la terraza y empezó a descender la rampa de tierra que desembocaba en los riscos de piedra y pinos, esos que se doblan buscando las olas. Cuando llegó al final del camino y se asomó al pequeño acantilado, se dio cuenta de que el mar estaba plano, casi dormido. Junto a la orilla de piedras vio la lengua de arena que recorría la costa hasta el embarcadero. Unas gaviotas volaban buscando el horizonte donde cada tarde se escondía el sol. Había algún bañista, apenas muñecos silenciosos en el azul intenso del cielo y el mar. Caminó cuesta abajo el último tramo de piedras arenosas que forman escalones con las raíces trenzadas; temió tropezar y se quitó los zapatos. Ana se estremeció al levantar la vista, descalza ya. Una especie de vértigo sintió en su interior cuando la figura de Mario apareció de entre el azul, repetía «mi vida» con energía entrecortada hasta que él la vio.

Lo miró arrastrar algo hasta la orilla, con su andar contoneante. Caminaba tranquilo, aplastando la arena, dejando huellas que se borraban con la espuma, y al descubrir a Ana, elevó los hombros y sonrió. Con el brazo levantó un trapo mojado, como una bandera blanca, que la dejó sin habla. Era el vestido que había perdido la noche anterior. ¿Cómo había podido devolverlo el mar?

—¿Mi vestido? —vocalizó exageradamente Ana con la boca muy abierta y las manos tras la nuca.

—¿Has venido a buscar tu vestido?

—Sí.

—Vaya. Pensé que buscabas algo más...

—... Lo has encontrado.

—Apareció, no te creas...

—Qué casualidad que lo haya devuelto el mar.

—Pues ya ves... El mar está de tu parte.

—Soy una chica con suerte, ¿no?

—Es tu vestido favorito —dijo Mario con una mueca—. Son malos tiempos para perder cosas favoritas. Menos mal que el mar no es tan malo... Aquí lo tienes.

Mario lo lanzó a las rocas.

—Cuidado.

—De ahí no se escapa.

—¿Tú crees que debería ponérmelo otra vez?

—Las cosas favoritas deben seguir siéndolo.

—Sí.

Consultó su reloj desde el agua y la miró.

—Bueno. Te ibas ahora, ¿no? Es lo único que te quedaba de equipaje. Y mira, aparece. Sólo debes esperar a que se seque... Yo todavía me quedaré unos días a acabar la novela.

—¿Te queda mucho?

—Alargaré el texto y así puedo disfrutar del hotel. Me conformo con aprovecharme de la habitación.

—Es una suerte, sí.

—¿Acabar la novela de otro?

—O la tuya. Deberías poner tu nombre de una vez.

Ana lo vio recuperar la sonrisa y caminar hacia la orilla donde ella se había sentado.

El vestido presenciaba todo como un testigo mudo.

Sonó su móvil.

—¿Te llaman? —preguntó Mario algo contrariado—. Lo entiendo... Te esperan ya, supongo...

—Ya sabes.

—Lo entiendo.

—...

«Joder», dijo entre dientes ella. Qué nudo en la garganta. Perdía el oxígeno como si la invadiera un pánico repentino al pensar que ese era el final. O el principio.

Ana miró la pantalla, volvió la mirada a Mario y lo apretó fuerte, fuerte, fuerte hasta lanzarlo al mar.

El móvil estalló en el pantalán.

Lloraba.

Lloró de nuevo por los años en los que se hizo la fuerte, por los años de tristeza, por las horas perdidas frente a la máquina del café, por las jornadas largas, por traicionarse, por tener miedo, por el vértigo a lanzarse a una nueva vida, por no aprovecharla, por tener dolor de espalda, por no pegar su mesa a la ventana de la oficina, por dejársela a su compañera, por fingir en la cama, por olvidar el deporte, por no sonreír cuando se lo pedía el cuerpo, por las botellas no descorchadas, por las dudas, por irse la primera de las fiestas, por madrugar, por no sentirse viva, por traicionar a la niña que quería ser. Y también lloró por Carles. Y por Mario, que la miraba agarrándole la mano llena de agua salada. Y por la mujer a la que acababa de abandonar... Por esa que ya no era. Y por el placer que entraba en su cuerpo, inundándolo, como el olor intenso de los pinos.

—¿Estás bien? —dijo Mario.

Silencio.

Ana suspiró.

Suspiró varias veces como si quisiera tragarse el cielo.

—Bueno, qué voy a hacer... Seguiré pensando frases para la novela...

—Y para nosotros...

—¿Ana?

—Sí.

Se dio la vuelta para dejarse abrazar, apretó el vestido como una muñeca de la infancia, Mario la cubrió con los brazos firmemente entre su pecho y no consiguió articular palabra. No necesitaba decir nada.

Estaba alegre.

Triste y alegre.

—Mira, es de día y se ve ya la luna...

—¿Como anoche? —le dijo, volviendo la cara hacia él.

—Mucho mejor. Se intuye mucho más clara.

Ana lo sujetó del brazo para que no se separara de ella. Sintió su escalofrío.

—¿Tienes miedo?
—Más que nunca.
—¿Y?
—Ya no cuenta...

Ana apoyó la cabeza en su hombro y él le acarició el pelo. Estaban ahí, uno junto a otro, en el sosiego que genera la tranquilidad. La calma lo purifica todo. Ya estaban solos. Los turistas habían desaparecido... y las dudas también. Solo quedaba el mar, testigo de todo. Y esa sonrisa, esos ojos clavados en ella, la ondulación del flequillo, el ruido del motor de una barca, todo eso junto que compone el paisaje, cuyo recuerdo está destinado a permanecer. No había que pensar en nada, tan solo dejarse llevar por la respiración de las olas. Podrían haberse quedado así, frente al mar, durante horas, toda la tarde, toda la noche, toda la vida. Su emoción era tan fuerte que no había que añadir nada a los pensamientos. Pero empezó a hacer frío. Era ese frío húmedo que llama a abrigarse, a salir de allí o a juntar los cuerpos. Era también esa sensación de novedad, de capítulo abierto que congela las páginas sin escribir y las ya escritas. Mario seguía acariciando el cabello de Ana. Le olía a sudor y a sal, y quería leer sus pensamientos. Quería saber qué pasaba por esa cabeza, viajar por sus preocupaciones, quitarlas, hundirlas en la arena. Ana se sentía bien con el cariño sutil de los dedos recorriendo su sien, y su frente, y su cuello. Pensó que era la sensación que quería tener durante toda la vida. No había que pensar en nada, únicamente dejarse llevar. «Me siento bien», murmuró Ana y Mario la besó. Había algo muy tranquilizador en la idea de estar con él. Sólo la forma de abrazarla tenía la capacidad de insuflarle vida. Incluso ese puntito de ternura que se le antojaba infantil le gustaba. Podría añadir palabras a las emociones, nada cambiaría ya. Acababa de comprender que cuando llegas a la orilla merece la pena disfrutar del mar. Ahora todas las tormentas habían terminado, todo estaba borrado de su almohada, de su bosque y de sus folios. Mario era como un animal perdido en mitad de la maleza, diferente, huidizo, pero sentía que era perfecto en su argumento. Quizá fuera una tímida, una obtusa, una borde, pero le parecía que ese hombre sabría subrayar lo positivo. Ana tenía la sensación de que podría volver a empezar, a vivir todo aquello que jamás había hecho, que nada podría ocurrirle, que si pasaba algo, habría solución y palabras. No tenía la certeza del futuro, sólo la solidez de una noche entera junto a él. Mario estaba abrazándola como un abrigo, pegando todo su cuerpo a la espalda fría de Ana. No se miraban, mejor, se sentían.

Mario estaba feliz. Había llorado tanto en el pasado que sabía que esto era diferente. Sabía que era todo hacia delante, que la vida era seguir viviendo. Por ello, la sonrisa de Ana le aliviaba profundamente. Y por si fuera poco, sentía el amor palpitando nervioso bajo la camisa.

—Eres bueno.

—¿Ah, sí? ¿Y cómo lo sabes?

—Lo noto.

Ana le puso la mano en el corazón a Mario.

Había sentido algo nuevo, algo casi infantil, como los olores de la niñez, el tacto de las emociones, la frescura de las palabras y de los gestos. Emanaba de él una especie de naturalidad, tan honda, y pensó: «Es exactamente el hombre con quien querría despertarme siempre».

Balbuceó las primeras palabras, y, de pronto, sin pensarlo, sin difuminar los miedos, pero sin perder la verdadera emoción, las demás vinieron solas, con maravillosa fluidez. Lo que le devolvió el habla, la conversación, fue la energía magnética de Mario.

Entonces, caminando por la playa, se dio cuenta de la firmeza de sus nudillos, de la peca en el lóbulo derecho, del agujero que adivinaba por haber llevado pendiente, de su labio mordido y reseco, de la forma en la que la abordaba por la cintura, sus brazos largos, la huella de sus pies sobre la arena... Allí, en ese preciso lugar donde un cabo se movía como una anguila, en esa orilla transparente, se conocieron.

A la mayoría de las parejas les gusta recordar el lugar, pensar que fue un sitio excepcional y en esas pequeñeces que de pronto simbolizan algo mágico. A fin de cuentas, eso es el amor. Un accidente. Un punto en el universo. Una estrella fugaz a tiempo de pedir un deseo. El cabo de la cuerda rozó sus tobillos. Ana no fue ninguna excepción, se sonrió. Pensó en atarse. Lo cual era una tontería, nunca creyó en el matrimonio. Ana se agachó, cogió una de las hebras mojadas que se soltaban por el agua y se la anudó a Mario como una pulsera. Sí, le sorprendió encontrarle ese detalle. Pero andaban juntos, cada vez con mayor soltura. No había silencios incómodos, sí se sentían cortados. Tenían la sensación de haber recuperado algo perdido uno en el otro. Paseaban sin rumbo, tomaron una caña en el pantalán, con los pies colgando, los miedos se desvanecían y todo el pasado empezaba a verse borroso en la memoria. El amor estaba allí, en ese momento, entre ellos. Por la tarde repasaron sus cuerpos, se contaron anécdotas de libros leídos, actores y actrices a los que invitarían a cenar, películas de las que habían escapado a oscuras en medio de la proyección y de horóscopos y ascendentes. A Ana le parecía ridículo tener ese tipo de conversaciones con Mario. Sobre todo, porque nunca las había tenido. Quizá era eso: una forma nueva de vivir. Era del todo capaz de decirse: «Yo no he nombrado esa película, me niego a hablar de ella». Y pensar: «Qué demonios, me gusta». No dejaban de hablar. Nunca es fácil pasar del beso a la conversación, del sexo a las palabras. Ahora sí. Mario la contemplaba como si fuera un espejo. Caminaron entre los pinos y la playa sin rumbo. Ahí era donde se dirigían: al Tú.

Ya estaba ahí la noche. Se iluminó el cielo con un montón de puntitos desordenados formando el perfecto firmamento. Es curioso cómo a veces uno decide ver las estrellas y no aparecen, y basta un día para que todas se ordenen. Toda la voluntad del cielo sobre ellos. Era casi una continuación de la anterior, como si nunca hubieran estado lejos. Se miraron. Ana y Mario habían alternado los besos con los abrazos, las lágrimas con los silencios, confundiendo así todas las emociones. Mario le tendió uno de esos cristalitos gastados por el mar que Ana se guardó en el bolsillo como una joya. Y Mario se dijo: «¿Cómo he podido encontrarla?». Estaban relajados, felices de tenerse. Parecía que siempre hubieran estado juntos. Desde niños.

—Me gustaría acostarme contigo —dijo Ana.

—¿Como anoche?

—No, qué va. Como anoche no. Como entonces. Como hace mucho tiempo... Cuando era pequeña —empezó a contar—, tenía miedo de las estrellas, me parecía que alguien había agujereado la cartulina del cielo y me vigilaban por detrás, por los puntos de luz. Mi padre se venía conmigo y me abrazaba hasta que me quedaba dormida.

La visión se le impuso con fuerza. Entonces evocó uno a uno todos los momentos de su infancia. Era la primera vez que se desnudaba de esa manera. De verdad. Llevaba mucho tiempo sin romperse. Sabía que no volvería nunca a ser la misma, que, una vez que uno comparte su vida, empieza la verdadera. No sólo se nace el día que vienes al mundo, se nace muchas veces, cada vez que el verbo sentir se conjuga. Y en ese momento estaba sucediendo, por eso lloraba y sonreía a la vez. Mario la abrazó con más fuerza, fundiéndola. Y el mar remataba ese díptico de la imaginería de la ternura. Dos minutos después, recibió su respuesta: «Es improbable que pueda abrazarte como él, pero haré lo posible». Y luego otras palabras apenas unos segundos después: «... Para que me tengas a mí».

El viento latigueaba, y el agua respondía alborotada. Ana le pidió que le repitiera lo que había dicho.

Mario miró al mar con cariño cómplice, como si por ser testigo de todo supiera entenderle. Conocía el mensaje secreto de las olas, las formas, las respuestas. La espuma le mojó los pies. Parecía una señal. Una señal, ¿de qué? Eso no podía saberlo. Ella seguía en sus brazos. Cuando el burbujeo se deshizo, Mario le pidió que lo besara. Y se besaron.

—¿Tienes frío? Estás helado.

—Prefiero tener frío en el cuerpo a que se enfríe el corazón.

Ana se quedó como en suspenso con esta última frase, que le sonó a novela arrebatada y a verdad al mismo tiempo. Y luego añadió:

—¿Y si escribes eso que has dicho en el libro? Puede quedar bien.

—Quién sabe, lo mismo ya lo he escrito. Lo mismo ya está todo escrito y está sucediendo.

—No es posible.

—La vida muchas veces es una novela, pero no le ponemos tapas.

Ana no sabía cómo responder. ¿Debía besarlo, abrazarlo, sonreír, discutir, corregir, burlarse? Al final, le lanzó una mirada. Mario se echó a reír, algo incómodo. Ana sonrió también.

Se levantaron de la arena y ella cogió el vestido que se había acartonado con el sol y la sal. Subieron los escalones de piedra hasta el camino de los pinos. La calma se había instalado en todos los rincones. También en ellos. Estaban bien. Ana se detuvo para observar cada detalle. La vida no es vida hasta que no decides que lo sea, la vida se enreda como las raíces, donde nada se ve, pero se levanta fuerte si le abres paso. Como los pinos.

Horas más tarde, mientras Ana deshacía de nuevo el equipaje y colgaba sus blusas intercaladas junto a las camisas, Mario se sentó en la cama y abrió la carta que le había entregado antes. Ella había dibujado unas estrellas entre las palabras y a su alrededor una constelación inventada. El cielo inesperado.

«Quiero que continúes tú».

Mario sonrió. Le encantaba que le propusiera jugar. Estaba convencido de que el mar le dictaría las palabras. La brisa agitó lentamente los árboles. Tomó posición en la mesa, abrió el cuaderno, cerró los ojos, aspiró el aroma de los pinos... y empezó a escribir.